KB027003

여우들은 밤에 찾아온다

THE FOXES COME AT NIGHT
by CEES NOOTEBOOM

Copyright © Cees Nooteboom, 2009
All rights reserved.

Korean edition was published by MUNHAKDONGNE Publishing Corp., 2021
by arrangement with Cees Nooteboom
through KCC(Korea Copyright Center Inc.), Seoul.

이 책의 한국어판 저작권은 ㈜한국저작권센터(KCC)를 통해
저작권자와 독점 계약한 ㈜문학동네에 있습니다.
저작권법에 의해 한국 내에서 보호를 받는 저작물이므로
무단 전재와 무단 복제를 금합니다.

'S NACHTS KOMEN DE VOSSEN | CEES NOOTEBOOM

여우들은 밤에 찾아온다

세스 노터봄 소설
김영중 옮김

문학동네

일러두기

1. 번역 대본으로는 *'s Nachts komen de vossen*(De Bezige Bij, 2013)을 사용했다.
2. 주석은 모두 옮긴이주다.
3. 본문 중 고딕체는 원서에서 이탤릭체로 강조한 부분이다.
4. 문학작품 중 장편은 『 』, 단편·시는 「 」, 연속간행물·영화·방송·음악·미술작품 등은 〈 〉로 구분했다.

차례

"당신도 사연깨나 있겠군요."

"그래요, 하지만 여기선 우리도 그저 사람일 뿐이죠."

레이먼드 챈들러, 『호수의 여인』

곤돌라

곤돌라는 격세유전적이다. 그는 그 말을 어디서 읽었는지 알 수 없었고 그것에 대해 다시 생각하고 싶지도 않았다. 그것을 다시 생각하면 그 순간에 느꼈던 파토스가 사라져버릴까 두려웠기 때문이다. 태양이 낮게 떠 있고, 석호 위에 낀 안개 속에서 검은 새처럼 생긴 곤돌라가 보였다. 묵직한 계류용 말뚝들은 쭈그려 앉아 살금살금 건너편 멀리로 사라져가는, 살상이나 파괴 임무를 띤 병사들 같았다. 지금 그는 이곳 베네치아의 스키아보니 해안에 와, 누렇게 바래고 반쯤 찢어진 사진을 손에 들고 서 있다. 그게 파토스가 아니면 무엇이었겠나? 그들이 탔던 곤돌라는 대충 여기쯤에 정박했었고, 그들은 이 계단 아니면 물속에 반쯤 잠긴 동상에 좀더 가까운 다음 계단에서 내렸다. 처형당했던 여성

게릴라 대원의 동상이었다. 사진에서 알 수 있듯이 그때도 지금과 같은 날씨였다. 그들이 계단으로 가 앉자 곧바로 젊은 경찰이 다가와 그 계단은 해양경찰 전용이니 비워둬야 한다면서 표지판을 가리켰다. 이제 그는 그 표지판을 찾아야 했다. 찾는 일은 어렵지 않았다.

표지판을 찾는다면 그다음에는? 사십 년 전 서 있었던 바로 그 장소에 가 있을 것이다. 그다음에는? 누군가 묻기라도 한 양 그는 어깨를 으쓱했다. 그다음에 할일은 아무것도 없었다. 그리고 정확히 말해 찾는 일이 무엇보다 중요하다고 생각했다.

그가 그라시궁전에서 열리는 전시회에 대한 평을 써달라는 청탁을 받아들였던 이유는 이 별난 순례여행을 하기 위해서였다. 유령을, 아니 그것까지는 아니더라도 부재不在를 찾는 여행. 그는 곧 그 계단을 발견했다. 영원한 도시에는 늘 변하지 않는 성향의 것들이 있다. 아직도 해양경찰선이 접안해 있었고, 옆쪽 벽돌 벽에 부착해놓은 표지판도 페인트를 새로 칠한 채 여전히 거기에 있었다. 그는 맨 위 계단에 앉기 위해 올라갔다. 당시 만났던 젊은 경찰은 오래전에 은퇴했을 것이다. 그리고 그가 사십 년 동안 똑같은 일을 하고 있다 한들 지금 그곳에 앉아 있는 나이든 남자를 알아보지는 못할 것이다. 당시 사진을 찍어줬던 건 우리가 모르는 사람이었다. 그 남자는 좀 떨어진 부두 가장자리로 가 석호

쪽으로 등을 돌린 채 사진을 찍었다. 각도를 30도 기울여 찍은 덕분에 사진 속 저멀리 두칼레궁전이 나왔다. 그는 사진을 쳐다보았고 언제나처럼 사진의 배반성에 놀랐다. 사진은 죽은 사람을 불러낼 수 있을 뿐 아니라 유효하지 않은 자신의 이형異形을 대면시켜주기도 한다. 이제는 알아볼 수 없는 긴 머리의 낯선 남자, 수많은 시간 속에 완벽히 순응한 외모. 사진은 영원히 지나가버린 시간의 퀴퀴한 냄새를 뿜어내고 있었다.

아직도 같은 신체를 지니고 있다는 사실은 경이로웠다. 물론 똑같은 몸은 아니었다. 똑같은 몸이 아닌 사람이 여전히 똑같은 이름을 갖고 있었다. 그게 말할 수 있는 전부였다.

그가 생각하기에, 그 사진이 실제로 얘기하고 싶었던 건 비애감이나 자기연민이라기보다 시간이 지나면 그 역시 서서히 사라져야 한다는 사실이었다. 당시 그는 그녀의 왼쪽에 앉아 있었다. 그녀는 사진을 찍어주는 낯선 사람을 쳐다보며 웃고 있었다. 그녀의 붉은 머리칼은 이마 뒤쪽으로 약간 넘겨져 있었고, 몸은 살짝 구부린 채 계단 옆쪽 벽에 기대고 있어 표지판이 반쯤 보였다. 그는 계단 아래서 가볍게 출렁이는 희끄무레한 물결을 바라보았다. 모든 게 당시 그대로라 참으로 놀라웠다! 물결, 가마우지처럼 생긴 곤돌라, 그가 앉았던 대리석 계단. 우리는 시간의 틈새를 몰래 빠져나올 뿐이라고, 삶의 무대장치를 남겨두고 떠날 뿐이라고, 그는 생각했다. 그는 그녀의 부재를 느껴보려는 듯 옆에 있는 돌의 오톨도톨한 표면을 손으로 만져봤다. 이런 상황에서 생각할 수 있는 건 진부한 것들임을 그도 안다. 왜 그런 건지는 여전히 수수께끼이지만. "나는 실재성과 완전성을 동일한 것으로 이해한다." 이 말을 누가 했는지 알고 있었다. 헤겔이 의미한 게 그가 처한 현재와 같은 상황인지는 모르겠으나 그래도 맞는 말 같았다. 그는 이상한 희열을 느꼈다. 사물들이 그대로였고, 그것들에 대해 결코 이성적으로 생각할 수 없었기 때문이다. 죽음은 자연스러운 것이지만 동시에 인정하고 싶지 않은 슬픔을 동반한다. 그 슬픔이 너무 커서 나락으로 빠지거나 수수께끼 같은 완벽한 현실에 굴복하기도 한다.

시작은 아주 단순했다. 이혼한 그를 딱하게 여긴 친구들이 그리스 어느 섬에 있는 한 친구 소유의 집을 마련해줬다. 그는 혼자 있는 것에 익숙하지 않았고 여자와의 교제에 허기를 느꼈다. 사람들은 해변을 따라 돌로 포장된 도로를 걸어 다녔고, 그는 산책하는 여자들에게 다가가 말을 걸고 싶었으나 웃음거리가 되거나 바보 취급을 당할까 두려워 감히 그럴 수 없었다. "집적거리다." 친구 빈트롭이 말했던 단어다. 맞는 말이었지만 그처럼 할 수는 없는 노릇이었다. 뤼서베르트의 시 한 구절이 어울리지 않았을까? “저녁이면 여인 같은 배들을 바라보며 배회했네.” 어쨌든 맞는 말이었다. 그는 산책길을 오고가기를 거듭 반복했다. 느린 걸음, 어슬렁거림, 구경하기. 이드라섬, 어선들, 어두워져가는 밤의 환한 불빛, 잔잔한 물결소리, 부두를 따라 늘어선 높다란 네온등에서 쏟아지는 불빛. 제비들, 사이프러스, 아니면 이것들 전부 지금 그가 상상한 것인가? 당시 네온등이란 게 존재했던가? 그렇지만 기억들이 정확해야 할 이유가 있나? 노란 등불이 켜져 있고, 올빼미 우는 소리가 들리고, 소나무들의 검은 형상이 보인다. 바다가 그대로 있고 물결이 찰싹이며 부둣가에 부딪히고 있다는 건 확실하다. 나머지 것들은 전부 되돌려놓을 수 있다, 기억들이 채워진 창고에서.

그녀가 지나갔을 때 배와 닮은 건 아니었다. 혹 닮았다면 물위에서 표류하는 듯한, 작은 돛 하나 달린 아주 가벼운 배 같은 모습일 터였다. 그가 갑자기 부둣가에서 일어나 교통경찰이 차량을 정지시키듯 손짓한 모습은 틀림없이 우스꽝스러웠을 것이다. 실제로 그는 손을 들고 정지! 하고 말했다. 그때를 생각하면 지금도 무안하다. 모든 게 오래전 일이 되어버렸을 때, 그들은 캘리포니아에서 자주 그 일을 얘기하며 웃었다. 당시 그녀는 그의 손짓에 크게 놀라 즉시 멈춰 섰었다. 이상하게도 그녀와 첫날 저녁을 함께 보냈었는지 전혀 기억나지 않았다. 그들은 항구의 카페에 들어가 오랫동안 이야기를 나눴다. 그녀는 이탈리아 이름을 가진 미국인이었다. 나이는 열여섯이나 열여덟? 물어보고 싶었지만 감히 그러지 못했다. 그때 그는 그녀의 손과 팔에 그려진 12궁 별자리들을 보았다. 요즘 흔히 볼 수 있는 문신이 아니었고, 갈색으로 그을린 피부에 검은 잉크로 그려넣은 것들이었다. 그가 무슨 그림들이냐고 묻자 그녀는 "오, 전 마법사예요"라고 말했다. 나중에 그들은 그 말이 생각나서 웃기도 했다. 그는 당시 그녀가 보낸 편지들을 갖고 있다. 마법과 마술에 대해 두서없이 장광설을 늘어놓은 것 같아 도무지 이해할 수 없었지만 어쨌든 그의 호기심을 자극했다. 그 모습이 그 나이에 딱 어울렸고, 붉은 머리칼, 석판색 눈, 놀랄 만큼 움푹 들어간 눈, 약간 쉰 듯한 목소리와는 더 잘 어울렸다. 그날 이후 그녀는 그의 큰 하얀 집에서 잤다. 그들은 집에서 함께 지냈지만 잠자리는 하지 않는 게 조건이었다. 그녀는 고개를 돌린 채 그의 애무를 견뎠고 더는 이 세상에 존재하지 않는 유기된 동물이라 생각한 채 곯아떨어졌다. 그는 약간은 바보스럽고 필요 이상의 짓을 했다는 자책감을 느꼈지만 그녀의 신뢰는 감동적이었다. 그는 일기장에 그녀와의 관계를 사랑보다는 교제 같은 것이었다고 적었다. 나중에 그는 일기장을 버렸는데, 지금은 그게 후회됐다. 하지만 그때 적어둔 그 문장은 아직도 기억한다. 그리고 며칠 뒤 모든 것이 변했다. 아마 그의 상상일 테지만 그녀가 몸에 그려진 이상한 그림들 중 하나를 가리키며 지금이 행운의 순간이라고 말했던 게 기억나는 듯하다. 일직선의 행성들을 비롯해 당시 그녀가 행성에 대해 했던 모든 이야기들이 터무니없다고 그는 생각했었다.

그녀는 사랑하는 데 영악했고 동시에 어린애 같았다. 달리 더 좋은 표현을 생각할 수 없지만 사실 이조차 충분하지도 맞지도 않았다. '영악한'이라는 단어에는 의도적이고 계산적이라는 의미가 내포되어 있는데 그 두 의미마저 딱히 맞는 것도 아니었다. 그는 착잡해졌다. 그녀가 순진함을 가장해 원조교제라는 금지된 장난을 제안하는 것 같았기 때문이다. 그는 그전이나 그후에도 그런 경험을 할 수 없었다.

그는 시내 쪽으로 발길을 돌렸다. 그는 피에로 델라 프란체스카*의 전시회에서 감명을 받았다. 그는 왜 전시회에서 동시에 오래전의 사건을 보게 됐는지 그 이유를 알지 못했다. 아마 그의 마음이 화가와 자신의 기억들로 채워져 있었기 때문이리라. 그

---

* 초기 르네상스시대의 이탈리아 화가, 수학자, 지리학자(1415~1492).

리고 전시된 그림 속 딱히 뭐라 지적할 수 없는 의미들이 몇 주 동안 그녀와 함께했던 일들과 부합했기 때문이리라. 그녀가 비밀스러웠다는 말은 아니다. 그녀의 마법은 유치하긴 했다. 그러나 지금 느끼는 그녀의 부재가 전시된 그림 속 이집트 상형 문자 같은 형상들을 기억나게 했다. 그는 그림 앞에 서서 온 힘을 다해 그 속으로 들어가려 했으나 들어갈 입구가 없는 세계였다. 그는 청탁받은 원고를 어떻게 써야 할지 몰랐다. 그뿐 아니라 자신의 기억들에 어떻게 대처해야 할지 혼란스러웠다.

그들은 그리스를 지나 유고슬라비아로 가는 기차를 탔었다. 초라한 호텔방과 베개 위에 펼쳐진 붉은 머리칼 말고 아무것도 기억나지 않았다. 베오그라드의 하룻밤, 어느 맥줏집이었다. 술에 취해 흥에 겨운 사람들이 슬리보비치를 주거니 받거니 했고, 어깨 너머로 빈 잔들을 던져 자갈 바닥 위에서 산산조각을 내기도 했다. 마침내 그들은 베네치아에 도착했다. 어느 호텔에 묵었는지 기억하지 못했지만 사진을 찍었던 장소는 아직 알고 있었다. 그는 돌아서서 길을 되짚었다.

실제로 누군가가 자신의 인생에서 그저 사라져버린다는 건 견딜 수 없는 일이다. 필요한 건 백 가지 평행한 삶들이다. 인파로 북적이던 기차역에서의 이별, 베네치아의 산타루치아역, 멍한 눈빛으로 비틀거리는 남자, 갑자기 세상에서 떨어져나와 홀로 된 채 쏟아져나가는 군중 속에 외로이 서 있는 남자, 객실 창문 밖으로 흔들리는 길고 가느다란 팔, 불 켜진 네모꼴 페로비아 다리 너머로 사라져가는 기차. 그리고 아무것도 기억나지 않았다. 사십 년이 지난 지금 그는 호텔방에 돌아와 전시회 팸플릿을 뒤적였다. 물론 피에로 델라 프란체스카와 연관짓는 일은 난센스였다.

그녀는 어떤 여자였던가? 1960년대 플라워파워* 시대의 아이였다. 그는 외로웠고 이미 사랑에 빠질 준비가 되어 있었을 뿐 아니라, 행성과 별이 그들의 운명에 간섭한다고 확신한다는 그녀의 이야기들도 들어줄 수 있었다. 그녀는 천체 말고는 할말이 아무것도 없는 것 같았다!

그러나 토성과 명왕성에 대해 말하는 그녀의 목소리가 밤의 강가에 흐를 때, 마치 별들이 우주의 생명체가 되어, 캘리포니아 밀스밸리에서 온 열일곱 살 아이의 삶과 암스테르담 출신의 예술 담당 프리랜서 기자의 삶을 따라 실을 잣는 것만 같았다. 그는 묘한 매력을 느꼈다. 그녀가 들려주는 이야기가 아니라 어둠 속에서 환히 빛나는 그녀의 석판색 눈 때문이었다.

사랑을 하려면 사랑이 필요했다. 적어도 그는 그렇게 이해했

* 1960년대 후반에서 1970년대 초반 미국에서 일어난 반전평화운동의 상징.

다. 우주 공간의 생명체 없는 수많은 가스덩어리와 얼음덩어리의 존재의미는 인간이 더는 쓸모없어진 이야기들을 대체하고자 직접 신의 이름으로 만들어낸 이야기에 있었다. 그 이야기를 거부할 수 없다면 그 누구의 앞도 막아설 수 없었다.

그는 암스테르담의 빈 아파트로 돌아왔다. 그리고 순진한 미국 아이가 볼품없는 필체로 쓴 편지를 기다렸다. 편지의 여백은 악마의 눈을 피하기 위해 12궁 별자리와 시칠리아의 상징*으로 채워져 있었다. 그는 자신이 답장을 대체 어떻게 썼었는지 궁금했다. 어떤 편지에 처음으로 답장을 중단했는지도 잊었다. 그러나 거의 이십 년이 지났을 무렵에 돌연 예전과 똑같은 서투른 글씨로 쓰인 편지를 받았을 때 느꼈던 흥분은 분명히 기억했다. 샌프란시스코에서 열린 영성예술 전시회의 팸플릿에 야코바 판 헤임스케르크**에 대해 그가 기고한 평론을 그녀가 읽고서 보내준 편지였다. 그녀는 그동안 많은 일들이 있었다고 썼다. 결혼을 했다가 이혼을 했으며 아들이 둘 있고, 야코바 판 헤임스케르크 같은 그림을 그린다고 했다. 그녀는 사진 두 장을 동봉했다. 그녀의 눈동자 색을 떠올리게 하는 흐릿한 바탕에 밝은 빛들이 가물

---

* 사람 다리 세 개가 중심으로부터 회전하듯 뻗어나가고 그 가운데에 메두사의 머리가 있는 문양.

** 네덜란드 화가, 스테인드글라스 디자이너, 그래픽 아티스트(1876~1923).

거리는 듯한 잿빛이 더해져 있었다. 명상 센터의 벽면에 걸릴 법한 작품이었다. 모든 일이 그녀의 뜻대로 되지는 않았으나 불교가 큰 도움이 됐다. 집 인근의 수도원에서 큰 위안을 찾았다. 아이들이 없었다면 수도원에 들어갔을 것이다. 그녀는 자주 그를 생각했다. 그가 야코바의 그림에 대한 글을 썼을 때 그녀와 영적인 교감이 일어났음이 틀림없다. 미국에는 화가 야코바를 아는 사람이 거의 없었기 때문이다. 그럼에도 야코바의 작품은 그녀에게 영감의 원천이자 특히 위로였다. 그녀의 삶에 일어났던, 그에게는 알리고 싶지 않은 고역스러운 일들을 생각하면 그랬다. 그녀는 그가 편지를 받아보기를 바랐고, 전시회에 간 일이 분명 그를 만날 전조였다고 생각했다. 세상살이에서 알던 사람들이 서로를 잃어버릴 수 있는 건 이상한 일이 아니니까. 한때 함께 여행을 하고 같은 경험을 공유했던 사람이 여전히 살아 있는지 모른다는 사실도 이상하지 않다. 사실 당시 그녀는 미성년이었고 꿈결 속에 살고 있었다. 이드라섬의 낡은 집, 오랜 기차여행을 하며 본 황량한 풍경들, 그리고 마침내 도착한 베네치아. 그녀가 언젠가 다시 한번 오고 싶었던 베네치아. 그 시절 그녀는 엉뚱한 말을 많이 했던 것 같다. 주로 천체 이야기를 했었는데, 그는 그녀를 있는 그대로 존중해줬고 그녀도 그런 그가 고마웠다. 그러지 않았다면 관계가 달라질 수도 있었기 때문이다. 그녀가 뜻하는 바를 그가 이해했는지는 확신할 수 없었지만, 그녀는 자기가 그를 이용하지 않았다는 말을 하고 싶었다. 그녀가 그에게 바라는 건 아무것도 없었다. 그러나 지구상의 수십억 사람들 사이에서 서로 다시 만나는 기적이 일어났으면 하는 바람은 있었다. 물론 그는 답장할 필요를 느끼지 않았다. 그러나 중요한 건 그녀가 그의 안부를 알고 싶어했다는 것이다.

잘 지내지 못한다는 게 옳은 답이었을 것이다. 그는 그렇게 쓰지 않았다. 야코바 판 헤임스케르크에 대한 글은 청탁받은 일이었다는 것과, 야코바의 작품이 훌륭하다고 생각하지만 실은 다소 활력이 없는 그림이라는 말도 하지 않았다. 그가 야코바에게 새삼 관심을 갖게 된 이유는 사람들의 영혼을 사로잡으며 최근 유행하는 모호성과 비현실성이라는 개념 때문이었다. 그리고 서신가書信家였던 야코바가 사실상 그 방면의 선구자였기 때문이다. 야코바의 화려한 색채는 칸딘스키의 색채처럼 역동성이 있었지만 칸딘스키가 추구했던 메시지는 없었다. 그런 유의 미술은 그가 그토록 혐오했던 19세기에 대한 순수한 반동으로 일어났었다. 그 대신 그는 편지에 피에로 델라 프란체스카에 대한 논문을 쓰고 있다고 말했다. 그녀가 피에로를 알았던가? 그렇다. 그는 그녀가 편지를 보내서 매우 기뻤다. 다시 만나면 어떨까?

아직 그는 스키아보니 해안에서 계류용 말뚝 위에 앉아 있던 그녀를 찍은 작은 사진을 갖고 있다. 당시 그녀에게 사본을 보냈는지는 기억나지 않았다. 플로베르, 스탕달, 발자크는 희망과 기대를 그토록 질식시켰던 구시대의 무기력에 저항했었다. 그들이 저항했던 19세기를 무시하는 건 옳지 않은 일이었으나 단지 그는 모더니즘의 전실前室에 안주하고 싶지 않았다. 그렇기 때문에 오랜 기간 계속됐던 완고함을 보여주는 그 시기의 사진들을 볼 필요가 있었다. 그 사진! 원양어선을 묶어둘 수 있을 만큼 거대한 계류용 말뚝 위의 소녀. 살짝 자주색이 들어간 얇은 원피스, 원피스 위로 드러난 덧없는 인간의 얼굴, 입으로 불어 없어질 먼지 같은 무상함. 말하지 않았지만 조반니 벨리니가 그린 성모마리아의 모습이었다. 미술사를 공부한 사람은 늘 비교하는 일에 주의해야 하지만 그럼에도 비교하자면, 그녀는 아이를 안고 있지 않은 조반니의 성모마리아였다. 그녀 얼굴의 왼쪽에 드리운 상서롭지 않은 그림자, 품에 안기기를 거부한 채 옆에 서 있는 아기의 미래의 비극을 수백 번 본 깊숙이 들어간 눈, 그리고 그 아이, 죽음의 순간에 어떤 방법으로도 어머니의 손이 자신을 보호할 수 없음을 알았던 냉철한 현자.

편지를 끝까지 읽기 전에 그녀를 찾아가려는 그의 결심은 이미 확고했다. 그리고 그녀를 찾아갔었다. 친구가 무의미한 짓이라고 말했으나 그는 그렇게 생각하지 않았다. 아직 그들의 관계는 끝난 일이 아니라 끝남이 있어야 하는 일이었다.

그 과정 중 하나가 미국 여행이었다. 샌프란시스코공항에서 그를 기다리는 여인, 자신이 얼마나 나이가 들었는지 알아볼 수 있게 해주는 사람. 인간은 공상적이고 끊임없이 칭찬을 들어야 하는 것 같다. 한순간 서로를 평가하는 번개같이 빠른 눈빛, 말문이 막힐 만큼 극도의 날카로움이 담긴 내적 사진, 눈가의 주름, 여전히 흐릿하게 붉은빛이 도는 머리칼, 갑작스러운 연민과 다정함까지 불러일으키는 세월의 흔적. 그는 돌연 그때보다 더 많은 사랑을 느꼈다. 그때와는 상관없는 또다른 사랑을 느꼈다. 마음이 더욱 약해졌다. 통나무집, 교외 중의 교외, 루돌프 슈타이너풍의 수채화, 그가 결코 좋아해본 적이 없었던 그림, 전에는 지적했을지 모르지만 놀랍게도 지금은 쉽게 넘어갈 수 있는 것들. "당신은 아직도 꿈속에 있군." 그가 말했다. 그녀는 스스로에게 줄곧 충실했고, 분명하지 않고 흐릿한 색조는 어느 정도 토성 덕분이라고 말했다. 거의 일주일 내내 계속된 무아경, 밤마다 그 힘을 느끼고 나면 그녀는 전보다 훨씬 더 자신이 비어 있음을 느꼈다. 그러나 그 비어 있음은 곧 행복감이었다.

그러고는 얼마 안 있어 그녀는 전시회장으로 가 그림들을 감상했고 편지를 써야 한다는 암시를 받았다. 그러나 그가 오리라고는 전혀 생각하지 못했다.

'궁정 연애', 그의 마음속에 떠오른 단어였다. 그는 무언가를 끝맺음하기 위해 갔었다.

무엇을 끝내버리는 것과 동일한 의미는 아니었다. 아직은 무언가가 열려 있었다. 과거에 어떤 일이 일어났으면 대부분 현재와의 거리, 시간, 소멸, 망각이 뒤따르는 법이다. 때로 생각이 나거나 기억이 뚜렷하지 않은 게 정상이다. 다만 그 일로 마음이 편치 않은 일만 없다면 그렇게 지나가버린다. 그리고 과거의 일에서 무언가 놓치는 것들이 있기 마련이다. 가령 검증해보는 일이나 이별의 형식 같은. 필요하다면 자신뿐만 아니라 상대방을 위해서라도 끝맺음이 있어야 한다. 그런 이유로 그는 밀스밸리에 갔었다. 그리고 지금, 그녀가 죽은 뒤, 다시 한번 여기 베네치아에 와 있다.

그녀가 겪었던 고난들을 편지에 언급했던가? 그렇다, 그러나 지금 그녀는 그 일에 대해 말하고 싶어하지 않았다.

그들이 바닷가 산책을 할 수 있었던가? 날씨가 좋았다. 폭풍우가 올 듯했지만 산책하기에는 좋은 날씨였다. 그가 너무 피곤해했던가? 아니다, 그는 산책을 하고 싶어했다. 얼굴을 스치는 바람의 느낌이 좋았다. 그러나 수영은 할 수 없을 것 같았다. 무엇보다 바닷물이 너무 차가웠고 역조 현상까지 있었다. 멋진 날씨였지만 위험했다. 사실이었다. 마린 카운티, 매클루어 비치, 길게 뻗은 내리막길, 길 양쪽 들판에서 뛰노는 수많은 덩치 큰 사슴들. 발정기의 사슴들에게는 가까이 갈 수 없다. 짝을 부르는 울음소리를 내며 커다란 뿔로 서로를 공격한다. 아래서 요란하게 부딪히는 파도 소리, 쇄도하며 벽을 쌓는 물결, 돌진하는 파도 앞에서 총총걸음치며 모래 위에 작은 글씨들을 새기는 도요새들. 격정적인 오르간 연주 같은 소리, 이십 년 전 시작된 이야기를 끝맺음하는 곳. 그리고 바람에 맞서 소리친다.

죽음과 운명의 색조는 그 지역이나 노인들의 유치한 옷차림, 밝게 칠한 통나무집, 인지학의 시대 네덜란드 화가들의 모조품의 색조와도 어울리지 않았다. 그러므로 거센 바다로 나가 바람을 향해 외쳐야 한다. 파도를 향해 떠나가버린 시인을 불러대는 여인의 목소리, 마약에 빠진 자식, 시한폭탄을 안고 사는 환자, 그러나 나는 그것들과 화해했다.

"약간 안 좋은 편이에요," 나중에 자동차 안에서 그녀가 말했다. 그를 베네치아에 동행하게 한 말이기도 했다. 그들은 몇 차례 편지를 주고받았지만 그녀는 건강에 대해 묻는 그의 말을 무시했다. 그녀는 그 어느 때보다 더 행성과 별의 동반자가 되었다고, 위로 들어올려질 것 같은 느낌이 든다고 썼다. 그녀는 그를 위해 수채화 한 점을 그렸고, 적절한 때에 그가 그 그림을 받아볼 것이라 했다. 그는 그녀에게 연민을 느끼지 않았고, 그녀는 막 해변에서 돌아온 터였다. 일몰은 상상할 수 없을 정도로 아름다웠다. 그들이 서 있던 모래사장에 붉은 노을이 곧고 기다랗게 드리웠고, 그녀는 물위를 걸어 태양을 향해 갈 수도 있었다.

몇 주 뒤, 그는 그녀의 방에서 보았던 수채화를 받았지만 그 그림을 벽에 걸고 싶지는 않았다. 그가 마지막 몇 개월 동안, 그리고 이십 년 전 그녀에게 보냈던 편지들도 그림과 함께 받았다. 그는 그 편지들을 읽지 않은 채 석호에 버렸다. 뒤에서 누군가 "석호가 편지를 버리는 쓰레기통이군" 하고 말했다. 그는 대꾸하지 않고 저녁 회색빛이 드리운 물위를 떠다니는 구겨진 흰 종이들을 곤돌라가 지나가서 보이지 않을 때까지 바라보았다.

뇌우

내가 기압계예요, 그들이 기압계 앞에 섰을 때 그가 그녀에게 한 말이었다. 나는 해골까지 그렇다고 느껴요. 다른 이들은 '뼛속까지'라고 말했을지 모르지만 뤼돌프는 '해골까지'라고 말했다. 로지타가 그 말에 짜증을 낸다는 걸 알기 때문이다. 그리고 왜 짜증을 내는지도 알았다, 그 말이 그녀의 심기를 매우 상하게 했기 때문이다. 그녀는 상상력이 부족한 사람이었기 때문에 문자 그대로 해골을 떠올렸고 그것을 싫어했다. "바니타스화* 를 그리는 시대는 지났으니 더는 책상 위에 해골을 올려놓지 마

* 16~17세기 네덜란드 정물화의 한 종류. 죽음의 필연성을 상기시키는 두개골, 썩은 과일, 거품, 연기, 악기 등을 소재로 했다.

요." 그녀는 말했다. "당신이 한 시간 전에 해골을 운운했다면 당신과 바람을 피우지 않았을 거예요. 내 위에 그런 해골이 있다는 건 말도 안 돼요." 그녀는 상상했다, 덜커덕거리는 갈비뼈들과 서로 맞물린 두개골을. "당신은 이따금 정말 멍청할 때가 있어요. 단지 날씨가 변했다는 이유로요." 그 말에 그는 아무런 대꾸도 하지 않았다, 둘 다 사실이었으니까. 순식간에 여름이 지나갔다. 성城을 이룬 회색 구름들, 구름이 드리워 거무칙칙해진 스페인풍의 하얀 집들. 그리고 갑작스러운 정원의 침수, 비가 올 때면 그렇게 맹렬했다. 그런 날씨에는 늘 우울감이 뒤따랐다. 여름 내내 열려 있던 문들은 모두 닫아야 했다. 해안을 따라 걷는 긴 산책도 더 이른 시간으로 바꿔야 했다. 어둠이 내릴 시간과 스페인 식당에서 식사하는 시간 사이에 어둑한 틈이 생겼다. 그 틈은 바에 가서 미리 한잔하거나 아무 재미 없는 집으로 돌아가 전기난로 옆에 앉아 약간 냉기를 느끼며 책을 읽는 것을 의미했다. 그는 이런 일들에 전혀 화를 내지 않는 그녀를 참을 수 없었다. 돌이켜보니 그녀는 어떤 것에도 신경쓰지 않았고 방해를 받지도 않았다. 잠을 못 자는 것도 아니었고 지루해하지도 않았다. 그냥 서재로 들어가버리면 끝이었고, 그 방안에서 분명 행복해했다. 수년간 네덜란드 노동운동의 역사를 연구한 사람이 어떻게 행복해할 수 있었는지 그에게는 수수께끼였다. 도멜라 뉘언하위스*부터 헨리터 롤란트 홀스트**까지 그녀가 들려준 이야기들은 그에게 깊은 불신을 심어주기에 충분했다. 모든 노동운동가들은 착취당하는 계급에 선의를 품은 이중적인 인간들이었다. 이제 한 세기가 지났고 과거의 상류계급이 지금은 옆집에서 마오리족처럼 문신을 하고 라디오 음량을 아주 높게 올려둔 채 사다리 위에 서서 페인트칠을 한다. 그는 고결했던 호르터르***와 판에이던****이 한번쯤 환생해 굉음과 발구르는 소리, 유명 디제이의 걸쭉한 목소리, 시즌 내내 텔레비전 연속극에 출연하는 신인 스타들의 모습을 보아야 한다고 말했다. 그들은 프롤레타리아의 독재와 대중예술이 마침내 성공을 거둔 모습에 크게 경악할 것이다. "노동계급이 대양의 가장자리에서 은빛 줄을 지어 춤추고 있네." 시 한 구절이 생각난다. 호르터르의 시라고 믿는다. 대중예술은 스페인 휴양지 토레몰리노스의 디스코장에서도 성공하고 있었다. 평상시 그녀는 대개 부드럽게 웅얼거리는 소리로 대답했다. 멸시인지 대단한 연민의 표현인지 결코 알 수 없는, 새가 날아가버리면서 약간 높은 톤으로

* 네덜란드 정치인(1846~1919).

** 네덜란드 시인(1869~1952).

*** 네덜란드 시인이자 사회주의자(1864~1927).

**** 네덜란드 작가이자 정신과의사(1860~1932).

지저귀는 것 같은 소리였다.

그러나 그녀는 달아날 생각이 없었다. 어쩌다 그가 잔소리를 퍼부을 때면 그녀는 "내가 당신을 선택한 게 슬퍼요"라고 후회하듯 내뱉었다. 그녀는 작은 나무들을 깎아 조각상을 만드는 남자에게 반했다. 그 남자는 그 자신이 기압계였고 태양열 부족에 매우 민감했다. 해가 지자마자 자신만의 저장고를 찾아야 했고, 우울함을 떨쳐내기 위한 방법을 강구해야 했다. 밤과 겨울은 그에게 선천적인 적이었다. 그때가 되면 그의 작업실의 나무들은 손을 대지 않은 그대로였다. 깎아 만든 꿈의 형상들도, 관람객도 없었다. 그는 어둠 속을 표류하는 한 척의 배가 되었고, 그녀는 침착함을 잃지 않는 자신의 성격이 그의 신경을 긁는다고 느꼈다. 그러나 또한 그가 스스로 검은 담즙이라 불렀던 우울증 같은 것에 직면했을 때, 계절의 변화와 어둠에 다시 익숙해질 때까지 그녀의 금욕주의가 그를 버티게 해줬다는 사실도 알았다. 최선의 전략은 정면으로 부딪치는 것이었다.

우리 산힐라리오에 갈까요?

그는 어깨를 으쓱했다. 산힐라리오는 30킬로미터 정도 떨어져 있었다. 꽤 야생적인 풍경을 지나쳐왔다. 그곳에는 그들이 아는 모래사장 딸린 작은 만灣이 있었다. 아직 자연 그대로의 모습을 간직하고 있었지만 개발업자가 호텔을 지어놓았다. 그곳에서 멀지 않은 해변가에 간단히 요기를 하거나 음료를 마실 수 있는 오래된 카페가 하나 있었다. 스페인 사람들은 그런 카페를 치링기토chiringuito라 불렀다. 카페 내부는 온통 흰색으로 칠해져 있었고, 플라스틱 테이블, 커다란 돌이 깔린 테라스, 밀 때마다 삐걱 소리가 크게 나는 알루미늄 의자가 있었다. 이런 어두운 날씨에는 형광 조명이 이미 켜져 있을 것이다. 그녀는 형광빛이 도움이 된다는 걸 경험으로 알았지만 그에게 말하지 않았다. 희고 차게 보이는 기다란 모조 태양은 위약僞藥 같은 효과가 있었다.

성수기가 끝나갈 무렵이라 관광객은 거의 없었다. 가는 도중에 엄청난 뇌우를 만났다. 구름이 납처럼 흐릿한 색깔로 변했고, 거대한 구름덩이들이 삼켜버릴 듯 푸른 보리수나무 위에 드리웠다. 첫번째 번개에 대지가 환해졌다. 이내 성마른 번개들이 번쩍거리며 날카롭게 내리쳤고, 광풍 속 우박들이 차를 향해 몰아치며 지붕을 두들겼다. 그녀는 옆을 바라보았다. 지금 이런 순간에 그의 기분이 고조되어 있으리라 생각했기 때문이다. 언젠가 그가 모든 구름의 종류를 묘사할 언어가 있어야 한다고 말한 적이 있었다. 청석, 백악, 점판암, 흰 솜털, 위험한 자갈. 그가 차에서 내려 뇌우 속으로 들어가 천둥소리를 듣고 싶어한다는 걸 그녀는 알았다. 연극적이려면 자연의 위대한 힘이 관여한 사건들이 필요했고, 그 사건들을 묘사하는 방식이 필요했다. 이제 그는 늘 그렇듯 원하는 것들을 얻게 됐다. 그녀는 세아트 자동차를 길가에 세우는 데 어려움을 겪었다. 홀로 자전거를 타고 가던 사람이 내렸고, 그는 번개 때문에 한순간 풍경 속 동상처럼 부각되어 보였다. 카페 주차장은 거의 비어 있었고, 차에서 내리자 물이 발목까지 찼다. 그들이 가림막을 한 테라스 쪽으로 달리는 동안 울부짖는 폭풍우에 고조된 듯 파도가 으르렁거리는 소리가 들렸다. 끝없이 넓은 잿빛 바다가 회색 하늘과 맞닿아 있었고, 해안가에서 떨어진 조그마한 섬조차 거의 보이지 않았다.

테라스에는 다섯 사람이 흩어져 앉아 있었다. 조금 떨어진 곳에 비옷 차림의 두 여자, 혼자 와서 책을 읽으려고 하는 노란 셔츠 차림의 흑인, 그들 테이블 옆 부부 한 쌍. "한 편의 영화로군."

뤼돌프가 한 말이었다. 그녀는 모든 것을 영화의 장면으로 보려는 그의 성향을 알고 있었고, 대부분 그의 의견에 동의했다. 그리고 이번에는 모든 요소들이 영화로 보기에 충분했다. 시간, 장소, 그리고 연기. 성난 폭풍우가 일었고, 그들 옆자리의 부부가 기이할 정도로 억눌린 감정 싸움을 벌였다. 그들이 말을 주고받기도 전에 분위기가 파악됐다. 부인은 아름다웠다. 구두, 블라우스, 비옷, 그녀가 걸친 것들 전부 흰색이었다. 그러고도 충분하지 않았는지 폭풍우 치는 날씨에 맞추기라도 한 듯 옅은 형광색 립스틱으로 입술을 칠했다. 그녀는 추위를 느끼지 않는 것 같았다. 그러나 남자는 그렇지 않았는지 빨간 윈드재킷 차림으로 웅크리고 앉아 손에 커다란 코냑 잔을 든 채 찌푸린 얼굴로 바닥을 쳐다보고 있었다. 로지타는 그 여자가 자기를 닮았다고 생각하지 않았지만, 그 부부한테서 결코 즐겁지 않은 자신의 결혼생활을 보았다. 비록 자신의 전략이 효과적이었고, 뤼돌프가 흐린 날씨에 느끼는 침울함을 떨쳐버릴 수 있었기 때문만은 아니었지만 로지타는 그 생각을 입 밖으로 꺼내지 않았다. 뤼돌프는 야외로 나와 재충전된 것 같았다. 로지타는 작은 디지털카메라로 번갯빛을 찍으려 하는 여자를 바라보는 뤼돌프의 모습을 보았다.

여자를 바라보는 그 모습에서 그녀는 그가 어떤 장면을 생각하는지 알았고, 그가 생각하던 장면은 언젠가 구체화될 터였다. 그가 무슨 못마땅한 표정을 지었는지 알 수 없었으나 아무튼 그녀가 보기에 그의 행동은 이상했다. 그 여자가 카메라를 움직일 때마다 그는 간절한 듯 기이한 표정으로 입술을 깨물었다. 흰옷차림의 여자는 번갯빛에 초점을 맞추려고 카메라를 공중에 높이 들어올렸지만 매번 타이밍을 놓쳤다. "웬 번갯빛이야!" 이 지역에 뇌우가 치는 건 매우 드문 현상이었다. 기다랗게 뻗치는 새하얀 빛줄기, 때로는 동시다발적으로 쏟아지는 빛줄기, 그리고 가까이 다가오듯 점점 커지는 천둥소리.

"바보 같은 짓 그만두라고." 윈드재킷 차림의 남자가 성난 듯이 말했다. 독일어였다. 목소리가 과도하게 큰 걸로 보아 남자는 세상에 자기를 이해해주는 사람이 하나도 없다고 생각하는 것 같았다. 로지타는 스페인어로 주문했고 계속 스페인 사람으로 통했다. 그 여자는 다시 사진을 찍어댔는데 이번에는 번갯빛을 포착한 것 같았다. "치사한 인간, 당신은 정말 치사한 인간이야." 여자는 여행자들에게 공지사항을 전달하듯 차분하고 분명한 목소리로 말했다.

"날 내버려두든지, 아니면 호텔로 돌아가. 나는 계속 사진을 찍을 거니까. 내가…… 하는 한." 천둥소리가 테라스를 뒤흔들 정도로 커서 여자의 나머지 말은 알아들을 수 없었다.

"아무튼 당신을 이해할 수 없군." 그 남자가 말했다.

계속되는 천둥번개에 정전이 일어났다. 번개가 칠 때마다 유일하게 보이는 건, 모래사장으로 내려가는 비탈길과 테라스 사이를 구분하는 굵은 나뭇가지 울타리였다. 그리고 모래사장에 부딪혀 산산이 부서지는 물거품들. 분명 그 여자는 수평선 위를 가로지르는 쪼개진 알파벳 같은 번갯빛을 보고 다시 사진을 찍으려 애쓰고 있었다. 카메라의 날카로운 촬영음과 함께 움직이는 작은 빨간색 불빛이 보였기 때문이다. 테라스의 형광등이 다시 켜지기 직전에 그들은 여자의 손에 들려 있던 카메라를 남자가 잡아채는 모습을 보았다. 카메라는 테라스 가장자리에 있는 커다란 웅덩이에 빠져버렸다. 여자가 남자의 얼굴을 가격하고 다시 한번 그 말을 내뱉었다. 이번에는 남자가 갑자기 일어서며 알루미늄 의자가 넘어지면서 삐걱거리는 소리에 그 말이 더 강조됐다. 남자는 화를 억누르며 손에 코냑 잔을 든 채 프로그래밍된 로봇처럼 해변으로 이어지는 계단으로 걸어갔다. 창문 가림막 뒤에 서서 테라스를 쳐다보고 있던 웨이터가 밖으로 나왔으나 흑인 남자가 그보다 앞서 계단 입구로 달려나갔다. 독일 남자는 천천히 계단을 내려가기 시작했다. 로지타가 결코 잊을 수 없는 건 빛과 어둠이 유령처럼 교차하는 모습이었다. 빛과 어둠이 교차할 때마다 안경 낀 그 남자는 매번 보였다가 어둠에 삼켜진 것처럼 다시 사라졌다. 남자는 보일 때마다 여전히 로봇처럼 똑같은 발걸음으로 바닷가에 가까이 다가가고 있었다.

"남자가 물에 빠져 죽으려 해요." 뤼돌프가 말했다. 그러나 그런 일은 일어나지 않았다.

번개가 남자를 내리쳤을 때 그 순간 그의 몸으로 전기가 관통한 것 같았다. 흐르는 듯한 섬광, 몸의 검은 형상을 따라 전광석

화처럼 빛나는 흰 빛줄기, 심지어 파도가 포효하는 속에서도 남자의 울부짖는 소리가 들렸다. 새로이 터져대는 천둥소리 속으로 사라져버리는 여자의 울부짖음, 그리고 또 한번의 천둥소리. 팔다리를 쭉 편 채 늘어진 형체 위로 몸을 구부리는 웨이터와 흑인 남자의 모습이 보였다. 그들은 감히 시신을 만질 수 없었고, 경찰과 구급차가 사이렌소리를 크게 울리며 도착하고 한참 뒤에야 가능했다. 경찰 조사가 진행됐다. 여자는 계속 조용히 울먹였고, 약속이나 한 듯 누구도 그 부부의 싸움에 대해 말하지 않았다. 경찰이 부부의 주소를 묻고 자세한 증거들을 기록하고서야 그들도 떠날 수 있었다. 그들은 진흙길을 걸어 자동차로 갔다. 멀리 하늘에서는 여전히 번개가 쳤지만 천둥소리는 들리지 않았다. 그리고 바람이 잠잠해졌다. 비만 계속 내릴 뿐이었다, 약하지만 마음을 꿰뚫는 빗줄기가.

길은 개천이 되어 있었고, 그들은 여기저기 꺾인 나뭇가지들을 피해 걸어야 했다.

뤼돌프는 CD를 켰다. 늘 그의 작업실에서 틀었던 죄르지 쿠르탁*의 합창곡이었다. 로지타는 그 음악을 좋아하지 않았다. 아주

* 헝가리 작곡가이자 피아니스트(1926~).

높은 음역대까지 올라갈 듯한 가느다랗고 높은 목소리, 닫힌 작업실 문 뒤의 거룩한 무언가, 그녀를 외부와 차단시켜버리는 소리. 그러나 그 음악이 들릴 때면 그가 일에 열중하고 있다는 걸 그녀는 알았다. 언젠가 그는 합창소리가 자신을 이끌어준 안내자였다고 말한 적이 있다. 합창대원들이 숨이 다할 때까지 음을 내다가 다시 끊임없이 반복되는 스타카토의 소용돌이 속에서 서로의 위로 넘어지는 모습처럼 합창소리가 사방으로 흩어져내리는 것 같다고, 그녀는 애써 상상해봤다. 때로 합창소리는 닫힌 문으로 그녀를 배제한 채 멀리 어디선가 무시무시한 비밀을 얘기하는 군중의 소리 같았다. 돌연 그 군중의 소리가 지금 차 안에서, 방금 사건이 일어났던 곳에서 들렸다. 그녀는 다시 흰옷 차림의 여자를 보았다. 여자는 갑자기 조용해진 채 두 간호사의 부축을 받아 구급차로 옮겨진 뒤, 시트에 덮인 사람 형상 옆의 작은 의자에 가 앉았다. 바로 몇 시간 전, 그녀는 그 부부한테서 자신의 모습을 보았었다. 여자는 몸을 후들후들 떨면서 오른쪽으로 곁눈질하며 자신의 옆에 있는 시트에 덮인 얼굴을 쳐다보았다. 지금 들리는 합창곡은 남자와 채찍질 같은 목소리를 가진 여자의 싸움 같았다. 그녀는 아직까지 누구의 죽음도 본 적이 없음을 깨닫고 전율했다.

"끔찍해요." 로지타가 그 남자가 죽었는지 물었을 때 뤼돌프가 내뱉은 말이었다. 열 사람이 전기의자에 앉아 타죽어가는 냄새를 맡는 듯한 끔찍함이었다. 엄청난 번개를 맞은 것이었다.

길가에는 아무도 없었다. 내일 섬 지역신문에 기사가 실리면 어디서 사건이 일어났는지 보려고 사람들이 모여들 것이다. 여기 섬에서는 사건이 많이 일어나지 않는다, 심지어 자동차 충돌이 엄청난 뉴스거리니까. 그는 갑자기 손을 들어 오른쪽에 잠깐 차를 세우라고 말했다.

그는 항상 그녀보다 어떤 일을 먼저 알아차렸고, 그녀는 그런 그에게 익숙했다. 그가 지금 트렁크에서 칼 아니면 작은 톱을 꺼낼 것이고, 그것들을 어디에 사용할 건지도 그녀는 알았다. 그는 독특하게 생긴 나무를 보면 사용하려고 늘 트렁크에 칼과 톱을 넣고 다녔다. 그녀는 백미러를 통해 그가 뒤쪽으로 걸어가 숲길로 사라지는 모습을 보았다. 그가 들고 간 커다란 전등의 불빛이 움직이는 게 나뭇가지들 사이로 보였다. 그녀는 음악소리를 좀 더 줄이고 빗소리를 들었다. 틱-탁, 틱-탁, 와이퍼 소리와 함께 창문에 떨어지는 빗물이 양쪽으로 똑같이 갈라졌다. 잠시 후 그가 부르는 소리가 들렸다. 그녀는 비상등을 켜놓고 차에서 내렸다. 그는 쓰러진 나무의 뿌리 앞에 선 채 그녀에게 전등을 들어 비춰달라고 했다. 노란 불빛에 보이는 나무의 아랫부분은 거대한 메두사의 머리 같았다. 흙덩이와 돌덩이와 실뿌리가 잔뜩 뒤엉킨 뿌리들. 그녀는 모든 촉각이 곤두서는 걸 느끼고 무의식적으로 한 발 뒤로 물러섰다. "괜찮아요, 더 가까이 와봐요!" 그의 목소리는 매번 어디에 집중할 때처럼 엄했다. 그는 손으로 검붉은 흙을 떨어내고 엉킨 뿌리 중 하나의 아랫부분을 톱질하기 시작했다. 살아 있는 듯 구부러지고 비틀어진 나무토막, 물론 아직 살아 있는 것이었다.

그가 나무토막을 전등 불빛에 들어올렸다. 나무토막에는 기묘하게 비틀린 부분이 있었다. 바닥에 다리를 웅크리고 누운 사람 같은 형상이었다.

"태아를 닮았네요." 그녀가 말했으나 그는 대답하지 않았다. 그의 눈빛만 봐도 그녀는 잘못 말했다는 것을 알아차렸다. 그들은 말없이 차로 돌아와 나무토막을 트렁크에 넣었다. 그는 뭐라고 중얼거리면서 음악을 다시 켜는 것도 잊었다. 그녀는 한동안 아무 말 없이 있다가 마침내 물었다.

"번개를 맞으면 실제로 무슨 일이 일어나나요? 항상 곧바로 죽는 건가요?"

"항상 그런 건 아니지만 전압이 강한 번개를 맞을 수도 있죠. 그러면 우리 몸의 70퍼센트는 물로 되어 있기 때문에 실제론 증발해버려요. 증발하지 않는 건 뼈뿐이에요." 그는 즉석에서 말을 꾸며냈다.

"당신, 정말은 모르고 하는 말이죠, 그렇죠?"

"그래요, 몰라요." 그가 말했다. "하지만 그 남자는 죽었어요. 불에 타서요. 얼굴이 완전히 타서 숯이 됐다고요. 물은 전류가 통하고, 그땐 비가 왔었죠."

더는 둘 다 아무 말이 없었다. 집에 돌아오자 그는 곧장 작업실로 사라져버렸다.

그녀는 그가 나무뿌리를 깨끗하게 문지르는 소리를 들었다. 그리고 다음날 아침 화덕 위에 놓인 나무토막을 보았다. 나무의 뒤틀린 모습이 아파하는 듯 보였고, 어떤 거대한 힘이 그것을 뒤틀어 기이한 형태로 만들어버린 것 같았다. 그러나 그렇게 만들어놓은 건 자연이었다.

"땔감으로 쓰려는 거 아니에요." 그가 말했다. "그냥 마르게 놔둬요."

아침햇살 속에서는 그게 어떤 모습일지 볼 수 있으리라.

잠깐, 여자가 다시 사진을 찍었을 때, 남자는 여자를 쳐다보았다.

푸르스름한 눈. 그는 무언가 말하고 싶었지만 하지 않았다. 그녀는 잠시 손을 치켜들었고 미소를 지어 보였다.

그녀는 신문을 사지 않았다. 그들의 이름이 없었기 때문이다.

헤인즈

"이런 공허한 에피소드!" 엘리자가 말했다. "아무런 의미도 없는 것 같아요."
"아무런 의미가 없소." 로버트 경이 말했다. "그러니 그런 일화를 들려주지 않겠소. 아무 일도 없는데 무슨 일이 일어난 것처럼 하지는 않을 것이오."

아이비 콤프턴버넷, 『마지막과 처음』

1

제1차 속임수. 나는 단체 사진 한 장을 보고 있다. 나도 그 사진 속에 있다. 지금 나는 나와 함께 사진을 찍었던 그들이 누군지 모른다고 가정해야 한다. 그렇다면 내가 보는 것은 무엇인가? 아니, 속임수를 두 배로 늘려야 한다. 지금 앉아 글을 쓰고 있는 여기서 밖을 내다보니 목초지와 왼쪽으로 휘돌아가는 좁다란 지방도로가 보인다. 아스팔트가 젖어 있다. 겨울인데 눈이 없다. 연중 이 시기로 보아 드문 현상이다. 앞에 보이는 나무가 앙상하다. 너도밤나무, 죽어버린 소나무, 작은 연못. 그 옆에 묘비 없이 누군가 묻혀 있다. 그 뒤에 두번째 목초지, 그리고 세번째 목초지가 있다. 산책을 하다보니 땅이 흠뻑 젖어 질퍽했다. 저멀리 방어벽 같은 검은 삼림지대가 있다.

기존의 쓰임새와 다를 수 있지만 '방어벽'은 속임수에 딱 어울리는 말이다.

언어는 상속되는 것이다. 우리는 말할 때 결코 온전히 자신일 수 없고, 언어는 거짓말을 할 때도 도움이 된다. "날씨가 좋았다면 나는 알프스산을 볼 수 있었을 것이다"라고 말한다면 그건 노골적인 거짓말일 것이다. 여기 내 책상 위에 있는 사진에는 산이 없기 때문이다. 나는 사진 속의 다른 사람들을 본다. '그들'이라고 지칭할 것이다. '우리'는 좀더 있다가 사용할 것이다. 그들은 지중해 경관 속에 서 있고, 거리상 시간상으로 멀리 떨어져 있다. 야외 활동용 옷차림으로 바람을 맞고 있는 무리. 남자 다섯, 여자 둘, 반이 흰색인 개 한 마리. 사진이 오른쪽으로 1센티미터만 더 넓게 찍혔다면 흰색 반 검은색 반인 개의 왼쪽 귀를 볼 수 있었을 것이다. 뒤쪽에는 농가의 낡은 마차가 있다. 내가 사진 속 사람들을 누군지 모르는 척하는 건 어떤 종류의 게임일까? 모르는 척하는 게 그들의 수수께끼를 풀 수 있는 방법일까? 단순히 그저 보는 것으로? 아니면 내가 그들의 수수께끼를 이미 충분히 알기 때문에 그들을 낯선 사람으로 만드는 방법으로? 그들 모두 오십 년은 족히 살았던 사람들이다. 가난이 그들의 문제가 아니라는 건 분명하다. 전원풍 옷차림을 하고 부유하게 살았던 계층이다.

그들은 곧 사냥을 하거나 말을 돌보러 가려는 것 같다. 지금 혹은 오십 년 뒤에 이 사진을 발견하는 사람은 어떤 생각을 할까? 지금이라면 남자든 여자든 호기심을 가질까? 여자라면 남자들을 알고 싶어할까? 남자라면 여자들을 매력적으로 생각할까? 오십 년 뒤라면 문제는 다를 것이다. 그때 가면 사진 속 사람들은 모두 죽음의 왕국으로 보내졌을 것이다. 혹은 유령 같은 노인들의 처지로 내몰렸거나. 그 시점에 사진을 보는 건 빠르고 덧없이 지나가버린 시간들을 위한 우울한 행사가 될 것이다. 죽은 자는 권리가 별로 없다. 따라서 지금 그들을 살려내 현재의 모습으로 가정하는 것이다. 사진 속 일곱 사람은 남자인지 여자인지 모르는 보이지 않는 사진사를 쳐다보고 있다. 그들 중 웃고 있는 사람은 모자를 쓴 남자뿐이고 나머지는 입가에 미소 같은 걸 띠고 있다. 그게 전부다. 그들이 남자 아니면 여자인 사진사와 아는 사이인지 우리는 모르지만, 아마 아는 사이일 수도 있다. 그들이 사진 찍는 포즈를 취하지 않았기 때문이다. 그들은 우연하게 열을 짓고 그저 거기에 서서 카메라를 향해 고개를 돌리고 있다. 대열은 이 초 안에 흩어지고 그들은 다시 서로 이야기를 나눌 것이다. 그럼, 글쓰는 양반, 대체 무슨 말을 하려는 건가? 당신이 알츠하이머를 앓고 있다면 사진 속 그들이 누군지 모를 것이다. 그렇다, 내가 말하는 건 당신이다. 일곱 사람 중 한 명이 당신이다. 당신은 그중 두 사람을 기억하지 못하고, 그럼 넷이 남는다. 당신은 그 넷 중 한 명에 대해 얘기하려 한다. 그 사람만 유일하게 죽었기 때문이다. 왜 모든 게 미스터리일까? 더 많은 것을 만들고 싶은가? 소설이나 영화 속 극적인 드라마는 시간적 길이를 거부할 수 있기 때문에, 즉 며칠간의 저녁 독서 혹은 두서너 시간짜리 영화로 압축할 수 있기 때문에 존재한다. 현실세계에도 드라마라 부를 수 있는 것들이 있더라도 그것을 예술화하자면 수렴하고 압축해야 한다. 그 방법 말고는 없다. 스탕달과 트롤럽이 활동한 19세기에는 시간적 길이가 하나의 덕목이었다. 그러나 우리는 더이상 그런 길이를 소화할 수 없고, 주의력의 범위도 줄어들었다. 우리의 혼돈은 이야기를 형식과 짜임새가 없도록 만든다. 그리고 좋은 이야기에서 시간적 측면은 생략되기도 하고 명백히 드러나기도 한다. 사진에서는 누가 없는지, 부재의 요소가 늘 중요한 역할을 한다. 그러나 그것을 어떻게 알 것인가? 즉, 사진 속 사람들을 모른다면 사진에 없는 사람들도 모를 수 있다는 것이다. 그것이 차이다. 헤인즈는 자기 아내 옆에서 있다. 그러나 첫번째 아내는 사진에 없다. 헤인즈? 왼쪽에서 네번째, 그리고 오른쪽에서 네번째인 인물. 개를 포함하는 게 아니라면 사진 속 헤인즈는 정확히 한가운데에 서 있다. 독일 이름을 쓰지만 독일인이 아닌 사람. 함께 사진을 찍은 무리의 한가운데, 그리고 이 이야기의 중심에 있는 사람. 그래서 나는 그 속임수라는 허구를 오래 간직하지 않았다. 물론 나는 그들이 누군지 안다. 그럼에도 왜 이 모든 노력을 하는가? 그건 이 이야기 끝에 가서 말해도 되지 않을까?

2

이탈리아 북부 리구리아 해변. 에우제니오 몬탈레의 시집 『오징어 뼈』를 읽어본 사람은 그것이 무엇을 의미하는지 알 것이다. 오징어 뼈. 붕괴된 해안 뒤쪽으로 여전히 고전적인 경관이 펼쳐져 있다. 눈을 감아보자. 로마군이 지나갈 것이다. 갈리아 지방에 가는 도중 우리를 향해 오고 있다. 오징어는 연체동물에 속하지만 죽었을 때 남겨놓는 것은 달팽이집 같은 껍데기도 조가비도 아닌 뼈다. 백악처럼 다소 이상하게 생긴 물체, 흰 달걀 모양에 딱딱하지는 않지만 섬약한 물체, 카나리아 새장에서 흔히 볼 법한, 먹기 위한 것이 아니라 새들의 부리를 날카롭게 유지하기 위한 물체. 몬탈레에게 오징어 뼈는 분명 그가 사는 지역의 상징이었다. 삶의 잔여물 같은 석회질 토양, 암석으로 된 지반, 부서지기 쉬운 사암, 사이프러스와 털가시나무가 자라는 땅, 선인장, 레몬나무. 해안 뒤쪽 내륙에 산재한 오래된 농가들, 그날 우리는 그런 농가 앞에 서 있었던 것 같다. 그게 몇 년이었는지 신은 알 것이다. 시간은 항상 나를 먼저 비껴간다. 모자를 쓴 사람은 세일즈맨이었다. 제일 크게 웃었지만 판매에는 도움이 되지 못했다. 구매하는 사람은 아무도 없었다. 그는 우리 무리 중 유일한 이탈리아인이었고, 헤인즈와 나는 네덜란드인, 나머지는 영국인이었다. 해안도시에 사는 사람은 없었고, 우리가 묵었던 집은 언덕으로 둘러싸인 오래된 마을에 있었다. 물론 이 시점에서 사진에 대해 설명해야겠지만 미리 말해둘 것이 있다. 어떤 일이 드라마가 된다면 그건 언제일까? 오래전부터 이해되고 있는 연극의 정의로 돌아가보자. 연극은 시간, 장소, 행동 요소의 통일체다. 이런 정의를 기대하는 사람은 우리의 이야기에 속았다는 생각이 들 것이다. 연극이 되기에 충분하지만 시간, 장소, 행동의 통일체라는 구속력이 없으므로 예술은 아닌 셈이다. 클라이맥스도, 대단원도 없다. 마지막 세 배우는 헤인즈, 비둘기 한 마리, 그리고 죽음이었다. 나는 언제나처럼 엑스트라였고 몰리는 무대 뒤로 도망가 있었다. 그들은 자기 시간을 보내고 있었다. 무대의 막은 내린 지 오래였고, 관객들이 떠나 극장은 비어 있었다. 모든 것이 너무 오래 걸렸다. 세일즈맨을 제외하고 양끝에 서 있는 필립과 앤드리아처럼 헤인즈는 자신의 각본을 들고 혼자 서 있었다. 사고도, 우연도 아니었다. 이제 왼쪽부터 오른쪽으로 보자. 모자를 쓴 채 웃고 있는 세일즈맨, 우리는 그를 제외할 수 있다. 그러면 실제 등장인물이 나온다. 주인공들은 아니다. 첫번째 인물은 앤드리아. 아래서부터 옷차림을 보자. 흰색 운동화, 검정 스키니 팬츠, 긴 흰색 티셔츠, 아스트라한 모피 같은 곱슬한 양털로 된 흰색 반재킷. 잘은 모르지만 모조품일 것이다. 그녀는 가짜를 진짜로 보이게 하는 여자들 중 하나다. 그녀는 승마인처럼 서 있는데, 내가 그렇게 생각한 건 단지 그녀가 말을 탄다는 사실을 알기 때문일 것이다. 나는 그녀와 사랑에 빠진 적이 있다. 우리는 사랑을 성공시키려 노력했으나 잘되지 않았다. 그녀에게는 일용할 양식인 일간지 〈더 선〉과 그것 말고는 오직 말뿐이었다. 내가 그런 점을 매력적으로 느꼈다는 걸 그녀는 믿지 않으려 했다. 당신은 그 비밀스러운 마음속에서 거만한 지식인이에요, 나를 비웃고 있죠. 그건 사실이 아니었지만 나는 그녀를 납득시킬 수 없었다. 저녁 노을 속에서 언덕 너머로 말을 타고 가는 여자를 본 적이 있는가? 가십 일간지는 격세유전에 필적하지 못한다. 슬로베니아 귀족을 영국 출신이 본다면 귀족이라는 데 동의하기 어려울 것이다. 귀족이라니 터무니없는 소리다. 그녀의 아버지는 반유대주의자로 유명한 승마인이었고, 티토 대통령을 피해 영국으로 도망쳐 거부와 결혼한 남자였다. 그녀 옆으로 2미터도 떨어지지 않은 벽에 흰 밀가루 포대가 몇 자루 쌓여 있었다. 그리고 그날 우연히 거기에 있었던 낯선 요트맨. 친절하고 상냥하고 훤한 인상에, 추운 바다에 적응해선지 외투가 필요 없는 사람이었다. 그리고 큰 체구에 힘이 셌던 헤인즈. 내가 사진 속 인물들을 모두 낯선 이들이라고 가정하고 싶었던 이유가 바로 헤인즈 때문이었다. 나는 그가 미래에 몰락한 징후를 보고 싶었지만 어떤 노력으로도 볼 수 없었다. 지금도, 오십 년 뒤에도 볼 수 없을 것이다. 심지어 그때 그에 관해 이미 알던 것조차 헤아릴 수 없다. 검정 터틀넥을 입은 건장한 남자, 오픈 재킷, 구겨진 바지, 어울리지 않는 구두, 옆에 있는 아내 몰리와 정반대인 모습. 몰리는 필립과 앤드리아와 비슷한 영어를 사용했는데, 옥스퍼드 영어가 아니라 재규어, 귀뚜라미, 말에나 어울리는 언어였다. 그뿐 아니라 일간지 3면에 실리는 나체 사진과 굵게 인쇄된 헤드라인에나 어울릴 영어였다. 즉, 그녀는 상류층이지만 교양이 없었다. 외국인이지만 고국은 비행기로 두 시간 거리였고, 세금과 달리 그녀의 언어는 어느 곳에나 있었다. 몰리, 선글라스를 쓴 치아가 하얀 여자. 나는 결코 영국 여자들의 진짜 얼굴을 볼 수 없을 것이다. 샤토브리앙은 『무덤 너머의 회상』에서 이렇게 말했다. "영국인들은 본성적으로 보나 어조로 보나 모두 미쳤다." 그의 말은 그 여자들에게도 적용된다.

느슨하게 두른 흰색 스카프, 밝은 금발, 4분의 3 길이의 트위드 코트. 그녀를 마지막으로 본 건 시골길에서였는데, 등이 굽은 할머니가 되어 작은 개를 데리고 걸어가고 있었다. 그녀는 나를 알아보지 못했다. 이 사진에서 나는 그녀 옆에 서 있다. 카멜레온 같았던 옛 모습이다. 지금 내가 독일제 테이블 위에 팔꿈치를 괸 채 있는 곳은 사진을 찍기 위해 내 아내가 서 있던 자리가 틀림없다. 사진사는 여자였다. 카메라가 투시하는 선을 따라 내 시선을 옮겨보면 모래색을 띤 매끄러운 바위 위에 서 있던 곳을 정확히 알 수 있다. 나도 머플러를 느슨하게 매고 있었다. 시간이 흘렀어도 어떤 머플러인지 알고 있다. 타탄체크*가 자잘하게 들어간 초록색 모직 머플러였다. 무無와 무無 사이의 서사적 여행에서 우리는 끝없는 옷가지의 흔적들을 남긴다. 가끔 나는 그녀가 그립다. 그래서 옛 사진을 자주 보는 건 아니다. 내 옆에 서 있는 필립. 스웨이드 가죽 구두에 퀼트 재킷을 입었고, 이미 세어버린 머리칼이 바람결에 헝클어졌다. 그는 자기 아버지처럼 목소리가 우렁찼다. 언젠가 필립은 아버지가 참여했던 전투들에

* 스코틀랜드에서 유래한 체크무늬로, 굵기와 색이 다른 선을 격자 모양으로 엇갈려놓은 게 특징이다.

대해 얘기하면서 전장에서 그가 실종됐다고 했다. 몬테카시노에서는 술을 많이 마셔 천막 말뚝 위로 비틀거리며 넘어졌고, 엘알라메인에서는 늦잠을 자 당번병이 깨워줬으며, 예루살렘에서는 여군을 지휘했다고 말이다. 필립은 헤인즈와 함께 부동산에 손을 대고 있었다. 지금은 말 때문에 앤드리아와 이혼했다. 빌어먹을 승마밖에 모른단 말입니다. 아침 여섯시에 집을 나가 집에 붙어 있질 않아요.

그러나 이건 필립과 앤드리아가 아니라 헤인즈의 이야기다.

3

네덜란드 외무부에서 명예부副영사는 가장 낮은 직위다. 명예직은 봉급이 없으며 '부'라는 직함은 부 자가 붙지 않은 또다른 책임자가 있다는 것을 뜻한다. 그러나 헤인즈의 경우는 달랐다. 헤인즈는 상관이 없어서 그저 좋았다. 네덜란드인들이 많이 찾는 관광 지역의 작은 항구도시에는 영사가 있어야 한다. 자국민이 해외에서 죽거나, 체포되거나, 교통사고를 당하거나, 돈을 잃거나, 여권을 분실하거나 또는 돈과 여권 둘 다 분실할 수 있으니까. 그런 경우 곤경에 처한 자국민을 돕기 위해 본국의 경찰력이 국경을 넘을 수 있어야 한다. 영사가 그 일을 대신할 수 있는데, 대개는 네덜란드어를 거의 할 줄 모르는 현지 기업인이 영사직을 맡는다. 영사는 자신의 집 앞에 네덜란드 왕실의 문장을 걸어놓고, 이는 현지에서 그에게 상당한 명예를 부여해준다. 두 마리 황금사자가 서로를 향해 혓바닥을 내민 채 갈라진 앞발을 들고 서 있는 모습이 비즈니스에 걸맞게 상징적이다. 비즈니스란 보통 그런 모습을 전제로 행해지니까. 왕실 문장의 길쭉한 타원형 방패 아래에는 프랑스어로 "나는 유지할 것이다"라는 금박 문자가 새겨져 있다. 헤인즈는 자신의 프랑스어 실력으로 "나는 기준을 지켜나가리라"라고 번역했는데, 요즘 세대에서는 사라진 어법이다. '첩'이라는 단어는 사어가 됐고 의미가 강하된 '여친'으로 대체됐다. 헤인즈에게도 그런 사람이 없지 않았다. 저 단어는 그의 비서 시기스몬다를 뜻했다. 기회 있을 때마다 사무실에서 그를 도왔던 마흔 살의 쾌활한 여자. 헤인즈는 그녀를 귀엽다고 여겼으며 말을 닮은 외모라고 말하곤 했다. 그는 헤인즈 막시밀리안이라는 이름에 어울리지 않게 활달한 성격의 소유자였다. 어머니가 오스트리아 출신이라 곤란하다고 그는 말하곤 했지만, 나는 아돌프라는 이름을 피한 게 그나마 다행이라고 생각했다.

다시 한번 사진을 본다. 활달한 성격, 맞는 말인가? 우울한 성격의 소유자, 알코올중독자는 어떤가?

억누르지 못하는 복합적인 성격의 소유자라는 게 맞는 표현일 것이다. 아직 내가 그를 생각하는 것도, 대단원이 없다고 말한 것도 바로 그런 성격 때문이다. 대단원은 이미 제시되어 있었다.

문제를 해결할 실마리가 없기 때문이다. 알코올중독자는 죽을 때까지 술을 마신다. 헤인즈의 영혼 밑바닥에는 그를 가차없이 파멸로 몰고 가는 우울이 잠재해 있었다. 그런 처지임에도 그가 쾌활했던 건 기적이었다.

4

모든 사건은 삼십 년 전에 시작됐다. 당시 나는 애인과 항구의 어느 카페에 앉아 있었다. 돛 중앙을 꽃줄로 장식한 범선들이 바다 위에서 행렬을 이뤄 지나갔다. 선두의 배가 마리아 상을 모셨고, 나머지가 그 배를 에워싸고 있었다. 찬미가와 경적소리, 분향하며 바다를 축성하는 금빛 의복 차림의 교황. 바다는 공포의 대상이자 위로하고 달래줘야 하는 존재였기 때문에 이곳에서는 기원전부터 다양한 이교적 의식들이 행해졌고, 이제 그런 의식은 사제들 없이 이뤄질 수 없었다. 분명 우리는 무언가에 대해 대화를 나누고 있었다. 갑자기 우리 사이로 홍조를 띤 통통한 얼굴이 나타나더니 "당신들이 무슨 얘기를 하는지 다 알아들어요" 라고 말했기 때문이다. 그래서 우리는 부끄러운 얘기를 하고 있었던 건 아닌지 되짚어보게 되었다. 부끄러운 얘기는 없었다. 헤인즈는 첫 만남에서 그리 매력적으로 보이지 않았고 마음에 끌리지도 않았다. 면도도 하지 않은 채 술냄새를 풍기며 종업원을 불러 조국의 이름으로라고 소리치며 술을 주문했다. 첫 만남 이후 두번째가 뒤따랐고, 그러고선 끝없는 만남이 이뤄졌다. 수많은 만남들 중 납빛 회색 바다에 폭풍우가 몰아치던 날 그의 테라스에서의 마지막이 절정이 아니었을까? 내 생각에 그 대답은 다른 사진에 있다. 몰리가 전에 한번 보여줬던 그들의 결혼식 날 사진인데, 얼굴에서 술기운이 가시지 않은 헤인즈는 해적 같았다. 그는 모험심에 사로잡힌 사람이자 약탈자였고, 한 손으로 열 명의 여자들을 거머쥘 클라크 게이블 같은 인물이었다. 그런 유형은 속박을 싫어하고 자유를 발산하는 특이한 성격을 갖고 있다. 나는 그 사진을 오래 보았던 것으로 기억한다. 오늘날 '건달'이라는 단어는 성인 남성과 관련해 잘 사용하지 않지만, 사진 속 키 크고 잘생긴 남자, 한 손에 술잔, 다른 한 손에 방향키를 쥐고 보트 위에 있던 그 남자에게 어울리는 단어였으며, 네덜란드 왕국의 현지 부영사 헤인즈 막시밀리안 스호루더르의 젊은 시절의 그림자였다. 그때는 인정이 있고 성적 매력도 있었으며 유머러스했다. 술독에 빠지지 않았고, 건달기가 있었지만 말투는 순진해 보이기까지 했다. 짙푸른 눈 속에 사악한 눈빛을 감춘 인간.

그 인간에게 가까이 가려면 분명 다른 언어가 필요하다. 어째서 그를 한 인간ein Mensch이라 부를 때면, 그가 항구에서 술에 취해 홍조 띤 얼굴을 내 옆으로 들이밀던 첫 만남에서 내가 곧장 돼지 머리를 떠올렸던 사실을 숨기고 싶어지는 걸까? 동물 우화의 세계는 이종異種이 혼성된 형태들로 가득하다. 인간의 머리를 한 말, 여성의 가슴을 한 새, 동물의 얼굴을 한 이집트 신들, 인간의 왕관을 쓴 독수리, 가냘픈 인간의 몸에 무거운 황소 뿔이 달린 머리를 하고 나타난 미노타우로스. 동물의 세계와 이별하기 힘든, 우리가 결백함을 잃었던 원죄의 시대였다. 인간은 떠나왔던 동물 왕국에 대한 향수 속에서 최소한 부분적으로라도 여러 동물의 존재를 통해 자신의 정체성을 분명히 확인하고 싶어한다. 그러나 내가 아는 한, 풍자화로 누군가를 비난하려는 게 아니라면 돼지로는 결코 정체성을 확인할 수 없다.

5

그의 가장 오래된 속임수는 사람들을 바닷가 별장에 초대하는 것이었다. 수영장 옆 테라스에서의 점심식사, 그후 모터요트 타기. 요트는 값싼 쾌속정이었다. 어부의 낡고 작은 돌담집에 회반죽을 바르고 하얗게 칠한 별장, 갈대지붕을 덮은 3미터 길이의 테라스, 테라스 한구석에 무릎 높이로 담을 쳐서 앉을 순 있지만 수영할 순 없는 유아용 같은 수영장. 그는 그곳에서 미래의 고객들을 맞았고 그들 중 당혹감을 감출 수 있는 이는 몇 되지 않았다. 사람들이 수영장에 대해 얘기하려 들면 그는 바깥 풍경과 바다를 가리켰다. 오두막 별장은 작은 만이 내려다보이는 가파른 바위 언덕에 있었다. 그곳의 즐거움 중 하나는 절벽에서 다이빙하는 일이었는데, 아래쪽에 돌출된 암석 때문에 전혀 위험하지 않은 건 아니었다. 그는 다이빙에 능숙했다. 그곳에 처음 갔을 때 바다가 몹시 사나웠다. 그가 작은 쾌속정이라 불렀던 다리미 모양의 모터요트는 바위에 박아놓은 녹슨 고리에 연결된 밧줄에 단단히 묶인 채 소용돌이치는 물속에서 이리저리 흔들리고 있었다. 그는 나와 아내를 점심식사에 초대했다. 필립이 위스키가 좋은 선물이 될 것 같다고 말해주어 내가 한 병을 가져갔다. 필립은 내게 점심식사가 끝날 즈음이면 위스키 병이 비워질 거라는 말은 하지 않았다. 나는 낮에 결코 독한 술을 마시지 않는다. 그리고 여자들도 와인에 취해 있었다. 그것은 영화가 아니었고, 일상은 결코 아니다. 그러나 때로는 '일상'을 한 편의 영화처럼 보아야 할 때도 있다. 그러면 모든 장면에서 독특한 광채가 나고, 대화의 단편들은 이류지만 재미있는 시나리오 작가가 쓴 것처럼 보이고, 마이크도 대본에 쓰이지 않은 대화들을 잡아낸다. 카메라가 해변 저멀리 바위섬까지 확대해 파도와 싸우며 홀로 수영하는 사람의 머리를 포착한 뒤 순간적으로 몰리의 창백한 얼굴을 클로즈업했다. 헤인즈로부터 "아직도 네덜란드어를 한 마디도 못하는 '새우'"라는 말을 들었을 때와 같은 표정이었다. 아마 헤인즈는 첫번째보다 두번째 만남에서 더 돼지 같아 보였다. 그러나 나의 변화는 이미 시작되고 있었다. 에로스와 아무 상관 없는 사랑이 존재하는 게 사실이라면, "사랑은 사랑받는 자에게 있지 않고 사랑하는 자에게 있다"는 플라톤의 말이 사실이라면, 이미 나는 갈수록 바쿠스의 사제를 닮아가는 이 남자를, 술 취하지 않는 이 황폐한 술주정뱅이를 용인하기 시작했다…… 그런데 어디까지 봐줘야 할까? 특별히 나 자신에 대해 얘기하고 싶은 생각은 없지만 어쨌든 무언가 해야 할 것 같다. 친한 친구들에게? 사실 친한 친구가 없다. 세계 곳곳에 아는 사람들은 많다. 남자도 있고 여자도 있다. 그들 모두 내가 존재하는 데 필요한 염분을 제공해주는 사람들이다. 나는 감히 염분이라 말한다. 반은 조리적調理的 은유라 언뜻 이해되지 않겠지만 그래도 도움은 될 것이다. 죽으면 당신이 슬퍼할 사람들, 그러나 그들의 운명적인 이별 이전 또한 중요하다. 당신이 그들을 비웃을 때조차 슬픔을 느끼게 하는 존재들. 상처받기 쉬운 영혼들, 상처받은 바보들, 운명에 도전하는 여자들, 슬픈 얼굴의 기사들, 고난의 후광에 둘러싸인 사람들. 그들이 내게 무엇을 말해주는지 알고 싶지 않다. 나를 거룩하게 하는 건 아닐 것이다. 그것은 아마 연민일 테고, 나는 시체 썩는 냄새에 이끌리는 똥파리일지 모른다. 내게 통보된 타인의 비극에 분명 안전감을 느낄지도 모른다. 적어도 내게는 그런 일이 일어나지 않았기 때문이다. 누가 알겠는가?

6

영화. 명예부영사는 유아용 수영장에 앉아 있다. 그는 노래를 부른다. 가사 없는 노래, 그의 인생의 노래, 내가 수년간 수백 번은 들을 노래. 왕들의 행차를 알리는 금관악기의 선율 같다. 지금 그 소리를 들으며 글을 쓴다. 돼지 머리가 몸뚱이에서 떨어져 나갔다. 올라오는 위스키의 취기, 지방덩어리로 뭉쳐진 바쿠스의 복부, 축축한 머리칼이 이마 위로 반쯤 말린 모습의 클라크 게이블이 등장한다. 바쿠스와 헤인즈, 그리고 클라크는 행복하다. 내가 아는 한 행복한 술꾼은 헤인즈가 유일하다. 누구도 헤인즈만큼 훌륭하게 우울함을 은폐할 수 없었다. 그는 우울증을 드러내느니 분명 죽음을 택했을 것이다. 나는 설거지를 하는 몰리를 돕지만 몸을 제대로 가눌 수 없는 상태다. 비싼 위스키, 슈퍼마켓의 값싼 와인, 먹고 나면 골치가 땅기는 술들 때문이다. 몰리가 송아지 혀 요리를 준비했다. 요리 한 점을 접시에 올려놓는다. 호박색 젤리 아래 분홍색 송아지 혀. 젤리는 파슬리와 레몬 조각들로 장식된 은하계처럼 빛났다. 그는 새큼한 와인에 입맛을 다셨다. "새우 요리 하나는 잘하지. 할 수 있는 거라곤 그것뿐이야." 바쿠스가 말했다. 괜찮소, 걱정 마시오, 저 여자, 네덜란드어를 이해 못하니까. 아직도 잘 모르지만 그 영국인의 얼굴은 완벽한 자제력을 보여줬다. 그녀는 훈련되어 있었고, 게다가 나중에 알게 된 사실이지만, 그건 사랑하는 자 안에 사랑이 있는 경우였다. 그녀는 여전히 아름답게 버티고 있다. 샤토브리앙이 저지 부인을 두고 한 말인데 몰리에게 딱 어울릴 것 같다. 헤인즈와 몰리 부부는 영국의 기숙학교에 두 자녀를 보내놓았다. 아이들은 아버지의 방종과 어머니의 불안으로부터 벗어나 있었다. 방학이 되면 무한한 자유가 허락된 동화의 나라로 와 반은 벗은 채 돌아다니거나 네덜란드어로 마음대로 욕을 할 수도 있었다. 그럴 때면 햇빛을 멀리했던 몰리의 얼굴이 양피지처럼 굳어지곤 했다. 그녀의 유일한 위안은 호화로운 관광지에 있는 그들 소유의 또다른 집이었다. 그 집에는 아무도 초대되지 않았다. 그녀는 일요일 아침이면 시내 중심가에 있는 성공회교회에 갔다. 성가를 부르고 영국인 교구목사를 만나고 오면 한동안 향수의 여운이 지속됐다.

그런 처지임에도 그녀는 헤인즈를 사랑했다. 1914~18년에 걸친 이프르 전투에서 영국군 연대는 독일군의 기관총 사격에 맞서 돌진했었다. 그런 열정으로 그녀는 헤인즈를 불같이 사랑했다. 단지 그 사랑을 보여주지 않았을 뿐이다.

그들의 애정생활에 대해 영국인들 사이에 말이 많았다. 그들 사이에 격정적인 사건들이 벌어졌던 게 틀림없다. 그러나 그건 헤인즈가 클라크 게이블처럼 잘나가던 전성기 때 일이다. 최근 영국인들의 가십은 좀더 악의적으로 변했다. 어떻게 그런 뚱뚱한 배를 갖고 그 짓을 할 수 있는지 믿을 수 없다고들 했다. 코끼리랑 해보는 게 어떨까. 그가 만취 상태로 무도장에 올라 비틀거려도 여전히 많은 여자들이 뒤따르는 것 역시 그들은 믿을 수 없었다. 나는 이미 그가 거짓된 어조와 본성의 소유자라고 말했다. 그리고 그들의 답답한 궁금증에 대한 대답은 간단하다고 생각했다. 헤인즈가 유쾌한 사람이었다는 것. 사람들 대부분은 그렇지 못하다. 그의 설명은 물 흐르듯 유창했지만 영국인들은 매번 이해하지 못했다. "나는 중압감을 전혀 느끼지 않소." 한번은 그가 내게 말했다. "그러니 더 필요한 게 없소, 아무에게도 부담을 끼치지 않고. 가끔 춤을 추지, 춤을 추면 즐겁소. 아가씨들도 만날 수 있고. 하지만 그들을 그림 아니면 광고라고 여기지." 그러나 그것은 나중의 일이었다.

7

첫날 오후는 이후 다른 날들의 선례가 되었다. 점심식사가 끝날 무렵 위스키도 동났다. 그리고 시에스타* 시간이었다. 시에스타에 대해서는 전장에서 패배한 뒤 느끼는 기분이라는 설명이 가장 적절했다. 소브키푀sauve-qui-peut**, 모스크바 퇴각. 쉴 곳이 제한적이었기에 모두가 피난처를 찾아 뛰었다. 테라스와 암석지대를 가르는 낮은 담벼락은 폭이 좁았다. 몰리는 갈대지붕을 지탱하는 두 직사각형 기둥 사이로 가서 누웠다. 영묘靈廟에 누운 중세시대 수녀원장 같았는데, 발밑에 가문의 품위를 갖추

---

* 지중해 연안국가와 라틴아메리카 등지의 낮잠 풍습.

** 프랑스어로 '도망쳐라'.

고 앉아 있는 개가 유일하게 빠져 있었다. 헤인즈는 실내로 사라졌다. 실내에는 부부용 혹은 경우에 따라 간통용으로 사용될 수 있는 푹신한 침대가 그를 기다리고 있었다. 다른 손님들이 있었다면 대부분 인근 해변으로 사라졌겠지만 그 첫날은 내가 유일한 손님이었다. 나는 테라스와 화장실 사이의 콘크리트 바닥에 누울 수밖에 없었다.

자리에 누워 언덕 맞은편을 보니 겹겹이 쌓인 신축 아파트들뿐이었다. 헤인즈가 삼십 년 전 사진을 보여준 적이 있다. 여전히 파시즘이라는 낡은 옷을 입은 이탈리아, 빈곤, 지지부진한 전후 재건사업. 독일 라인강의 기적은 없었고, 폐허 속 잿더미를 치우는 데 여념이 없었던 터라 독일인 관광객도 보이지 않았다. 언덕은 오크나무·로즈메리·등대풀·엉겅퀴·야생마늘로 뒤덮인 거대한 암석지대였고, 그곳에는 외로이 선 어부의 작은 오두막집뿐이었다. 끝이 뾰족한 백색 아치형 구조의 아프리카풍 건축물. 오두막집에 딸린 현대식 테라스는 그의 개인적 공헌이었고, 별장의 옛날식 형태가 지금은 초라해진 신축 건물들 사이에서 과거를 상기시키는 추억거리가 되었다. 헤인즈가 갑자기 헐렁한 수영복 차림으로 내 위에 서 있었던 걸 보면 그때 나는 분명 졸았던 모양이다. 여전히 술에 취해 흐리멍덩한 눈을 하고 그가 물었다. "다이빙, 할 수 있소?" 그의 다이빙 솜씨가 대단했기 때문에 나는 아직도 그 사진을 갖고 있다. 그는 다이빙하기에 좋은 가장 높은 곳을 찾았고, 나는 그의 옆에 서야 했다. 갑자기 아래서 소용돌이치는 흰 물살이 깊고 위험해 보였으며, 돌출된 바위를 보니 감히 뛰어내릴 수 없었다. 그는 가만히 서 있었다. "조금 아래로 내려가서 뛰어봐요." 수년간 그런 식이었다. 그는 나보다 2미터 위에 있었고 나는 아래에 있었다. 물이 얼마나 깊은지 모르기도 했지만 여전히 내게는 공포를 일으키는 높이였다. 두려울 만큼 충분히 깊었다. 게다가 그의 요트와 요트를 묶어놓은 밧줄들도 피해야 했다. 별거 아니오, 셋까지 세겠소. 사진 속 두 다이버는 참치와 꽁치처럼 보였다. 헤인즈의 커다란 덩치와 대조되는 나의 가냘픈 체격, 두 마리 새가 함께 공중을 나는 것처럼 보였다. 그는 주먹을 불끈 쥔 채 다이빙하며 물살을 갈랐다. 파도가 나를 옆으로 떠미는 게 느껴졌다. 그는 나보다 한참 뒤에 물위로 떠올랐다. 출렁이는 잿빛 수면 위에서 웃고 있는 사티로스의 머리. 의심할 여지 없이 행복한 사람이었다. 그러나 그건 시련의 끝이 아니었다. 그뒤에는 그의 요트를 함께 타야 했다. 새로이 일어난 파도가 배에 부딪히며 천둥 같은 소리를 낼 때마다 마치 바다를 벌주려는 듯 그가 외치던 환호성을 나는 기억한다. 벌을 받는 건 바다가 아니라 나였다. 높이 솟아오르는 물거품 때문에 앞을 내다볼 수 없었고, 때때로 쇳조각 같은 물결이 공중으로 솟구쳐올랐다가 돌 같은 수면 위로 강하게 처박히는 속에서 나는 이리저리 내던져지며 심하게 흔들렸다. 물결에 뒤엉켜 아직 술이 덜 깬 채 소리를 질러대는 미치광이의 곁 말고는 아무데도 갈 수 없는 죽음의 놀이기구에 갇혀 스텝 댄스를 추고 있었다. 아무리 좋은 여름 날씨에 잔잔한 바다라도 다시는 그런 경험을 하고 싶지 않았다. 이제 나는 헤인즈가 어떤 인물인지 알게 되었다. 그는 마음속에 품고 있던 다른 죽음의 질주로부터 손쉽게 탈출할 방법을 찾은 것처럼 어떤 무모한 짓도 서슴지 않는 대담무쌍한 사람이었다.

8

그와 나, 이렇게 지칭하는 건 나 자신에 대해 무언가 말할 수밖에 없기 때문이다, 여전히 그러는 걸 좋아하지는 않지만. 시간이 지나면 자신에 관한 이런저런 것들이 남기 마련인데, 어떤 것들은 비밀로 간직하고 싶어도 그러지 못할 때가 있다. 하지만 삶을 떠나 생生의 문을 닫을 때 하찮고 의미 없는 비밀들을 갖고 사라질 희망은 있다. 그 비밀이 무엇이든 간에 나는 임무를 완수했다. 인생, 그게 무슨 의미인지 누가 내게 말해줄 수 있는가? 나는 '인간'이 무엇을 의미하는지 오랫동안 깨닫지 못했지만, 어쨌든 지난 천 년은 인간종種에게 거대한 스트립쇼였다고 생각한다. 태양계로부터의 방출, 은하수 뒷길로 추방된 지구, 두뇌 기능의 발달로 우리는 불가지의 것들을 전부 알게 됐다. 신과 신의 조력자들은 죽어버렸고, 보이지 않는 입자들로 소멸될 수 있는 하찮은 인간들은 거울에 비친 스스로에게 감탄하면서 유일한 유산을 낭비하거나 파괴하고 있다. 과장된 얘기처럼 들릴지 모른다. 나는 좀더 유쾌한 이론을 추천받고 싶지만, 어쨌든 지금의 것에 만족한다. 단 당분간이다.

오늘 알프스산은 비의 장막 뒤로 사라졌다. 나무들은 스토리 없는 이 글을 쓰기 시작했을 때보다 벌써 더 푸르렀다. 지붕을 때리는 빗소리, 빗소리에 맞춰 부르는 새들의 노래를 듣는다. 여기에 있으면 우주와 하나가 된 기분이다. 내가 전에 했던 주장과 상반된 듯 보이겠지만 그렇지 않다. 나아가 새들은 늘 내게 모든 것과 화해하게 해준다. 내가 시인이라고 생각해본 적이 있다. 그러나 시를 읽을 때만 시인임을 깨닫는 데 시간이 걸렸다. 첫 시집은 1950년대 전후 세대의 경향에 빠져 있었고, 나중에야 내 진정한 소명을 깨달았다. 모든 시인에게 필요한 보완적 존재가 되는 것, 즉 읽는 자가 되는 것이다. 읽는 사람들, 게다가 시를 읽는 사람들은 많지 않다. 읽는 일은 하나의 직업이다. 그러나 지금 그것에 대해 얘기하지는 않을 것이다. 나는 글쓰는 일로 생활하고 있다. 아리스토텔레스는 나무가 침대를 만들지 않는다고 말했다. 일을 분리시킬 줄 알아야 한다는 의미다. 언제나처럼 그는 옳다. 목수는 조각가가 아니다. 그리고 나는 목수다. 분기별로 발행되는 고급 전문잡지를 짜맞추는 편집 일을 하고 있다. 적어도 열 명의 조세 전문가와 법률가의 이름을 발행인으로 해 주요한 관심사를 다루는 잡지다. 발행인들은 잡지를 읽지 않는다. 잡지를 누가 읽는지 나는 모른다. 돈은 문제가 아니다. 오프셋 인쇄, 일류 사진작가와 디자이너, 사람을 아부하게 만드는 법률의 귀재들, 그리고 내 전문 분야인 '유명인사들'. 그들 중 누구도 청탁을 거절하지 못하고, 내가 불러주기를 기다린다. 네덜란드의 대표 작가 다섯 명에게 주간지 〈더 흐루너〉와 일간지 NRC에서 받는 원고료의 다섯 배를 제시하고 추상적인 주제의 글을 의뢰하면 그들은 자유의 창을 내던지고 언제든 응할 것이다. 이런 일로 번 돈으로 나는 그들 모르게 그들의 대표작들을 구입한다. 다른 이들에게 분명하지 않은 행복의 형태들이 있는데, 익명성도 그중 하나다. 내가 헤인즈에게 마음이 끌렸던 이유도 익명성 때문인 것 같다. 헤인즈는 자기 자신을 잘 알았고, 그것이 그를 모든 일에 개의치 않게 만들었다. 아니 오히려 자기 자신을 신경쓰지 않게 했다. 이건 어법에 맞지 않지만 옳은 말이기도 하다. 나는 에이호수 건너편의 숙소에 틀어박혀 테베*를 모아서 읽었다.

* 고대 그리스 테베시의 신화적 역사를 그린 서사시집.

헤인즈가 나를 위해 리구리아에 집을 하나 구해놓았기 때문에 매년 두 차례 그곳으로 여행을 간다. 말했듯이, 나는 행복한 사람이다.

9

무훈武勳. 외교적 사건. 안경 속임수. 대사大使를 두려워함. 양쪽 벽 사이에 낀 자동차. 통행료. 샹그릴라*. 낚시. 슈퍼마켓의 냉장고. 네덜란드인. 뭐든지요. 부정적 영웅주의, 고무적인 것이 없음, 평생 잊히지 않음. 외교적 사건은 본보기였다. 사건이 결말지어진 방법 때문이었다. 헤인즈는 은근히 명예부영사라는 직함에 상당한 자부심을 느꼈고, 특히 이런저런 공식행사에 다른 '외교관'들과 초대받으면 더욱 그랬다. 다른 외교관들이란 명예영사들로 이뤄진 작은 집단이었다. 부패한 영국인, 이름이 다섯 개인 스페인인, 행사 참여가 취미인 은퇴한 미국인, 선박회사 대

* 제임스 힐턴의 소설 『잃어버린 지평선』에 나오는 가공의 장소.

표인 프랑스인, 헤인즈처럼 부동산업을 하는 독일인. 그들의 연례 모임 가운데는 매년 9월 이탈리아 해군 구축함 선상에서 열리는 행사가 있었다. 그곳 바다에서 벌어졌던 영웅적 무용武勇을 기리기 위해서였다. 바다에서 익사한 선원들을 기리기 위해 조화를 던졌고, 해군 제독을 비롯해 수년째 똑같은 유명인사들이 참석했다. 희생, 조국, 평화, 화해, 그리고 조화. 한동안 물에 떠 있던 조화는 엮어 만든 철사의 무게 때문에 물속으로 서서히 가라앉기 시작했다. 그리고 음주가 시작됐다. 9월이었다, 즉 이탈리아 사람들이 중세 기사단 시대부터 유래한 메달과 장식물이 달린 흰색 제복을 입는다는 뜻이다. 그 자리에 참석했던 누군가가 나중에 내게 그 사실을 말해줬다. 아무도 헤인즈가 술에 취한 것을 개의치 않았고, 행사가 끝날 무렵이면 참석자들 모두 똑같이 취했다. 프로세코, 아르네이스, 바롤로, 빈산토, 그라파. 그들의 복장은 눈부시게 하얬고, 다들 다이버이자 선원이었던 것 같았다. 그런데 어느 순간 헤인즈가 아라비아타 파스타 접시를 집어 들어 제독의 머리 위에 쏟아버리고 말았다. 제독이 "웬 파스타!" 하고 소리를 지르자 순식간에 주위가 조용해졌다. 술에 취해 몽롱한 사람들의 눈에는 제독이 갑자기 사색이 되더니 벌떡 일어나 네덜란드에 선전포고하는 모습으로 보였다. 그런 다음 제독은 헤인즈의 팔을 붙잡아 등뒤로 비튼 뒤 그를 꽉 껴안고 양볼에

입맞춤을 했다. 그 바람에 둘 다 얼굴이 기름진 붉은 파스타 소스로 뒤범벅되면서 사건은 일단락됐고, 그들은 또 그라파를 마셔댔다. 거기에 참석하지 않았어도 나는 헤인즈의 모습을 상상할 수 있었다. 술에 취했을 때 그가 어떤지 훤히 알았다. 무언가 반항적인 눈빛, 흘기는 듯한 눈빛, 범죄 위험이 은폐된 쾌활함. 안경 속임수는 몇 년 뒤의 일이었다. 섬망의 시작, 불안정한 걸음걸이, 떨리는 손.

헤인즈는 몇 번인가 고국인 네덜란드에 가야 했고, 그곳은 그가 점점 알 수 없고 이해할 수 없게 된 나라이기도 했다. 그는 마콩 근교의 작은 호텔에 도착할 때까지 쉬지 않고 차를 몰았다. "나는 운전할 때 보통 운전대를 꽉 붙잡소." 그가 말했다. 아무 문제 없소, 그냥 가게 되어 있지. 그 '삼류 호텔'. 호텔에 도착해서 그가 어떤 사람인지, 그의 속임수가 뭔지 확실히 알게 됐다. 그는 손떨림 때문에 서명을 할 수 없어 여행가방에 넣어둔 안경을 가지러 잠시 방에 다녀오겠다고 양해를 구했다. 호텔방에 미니바가 있다는 걸 알았던 그는 급히 위스키인지 코냑인지 두 병을 꺼내 마셨고, 아무 일 없었다는 듯 머리를 빗고 아래층으로 내려와 책상 앞에 앉아 서명을 했다. 그러고는 제대로 술을 마시러 마을로 갔다. 다른 이야기들 역시 구조화된 그의 불행에 관한 비슷하고 유쾌한 모험담이다. 그는 불행을 견디기 위한 모험을 감행하면서 점점 더 잘못되어야만 했다.

로마에 있는 대사관을 방문하는 건 그에게 고통이었다. 손떨림을 감추기 위해 먼저 술을 마셔야 했기 때문이다. 술을 마시지 않으면 사람들은 내가 파킨슨병을 앓고 있다고 생각할 거요. 그러면 사임해야 하오. 그러지 않기 위해 방패가 필요한 거요. 그리고 난 그 방패를 믿소.

10

어떻게 그가 그 해안에 오게 됐을까? 어쩌다 바람결에 밀려옴. 불량아, 학교 중퇴. 내가 할 수 있는 건 오직 배 타는 것뿐이었소. 그러다보니 암스테르담과 함부르크에서 지중해로 배를 실어나르는 일이 그의 직업이 되었고, 실은 편안한 전문직 생활을 누렸다. 항해와 다이빙, 그리고 내가 잘한 일은 여기에 와서 머물게 된 거요. 겨울에는 오나시스 소유의 유조선에서 잠수부로 일했소. 겨울에는 항해가 없으니까. 구경하러 다니고, 매일 유명한 카페에 들르고. 도시라고 부르지만 큰 마을에 지나지 않소. 유명한 카페에는 노인들이 있지. 대부분 키 작은 노인들. 나는 늘 커피를 대접했고, 그러면 그들은 사투리로 '아이고, 고맙네'라고 말했소. 몇 달이 지난 뒤 바텐더가 말합디다. "케인즈 씨, 저기 앉아 있는 노인 양반 말이에요, 이곳 땅 거의 전부를 소유한 사람입니다." 그래서 이곳으로 굴러들어왔소. 이후 독일인과 영국인이 들어왔어도 그 키 작은 노인들은 내 친구였지. 그들은 나를 케인즈라 불렀소. 거만한 영국인들보다 나를 더 잘 대해줬지. 노인들의 자식도 잘 알고, 어디에 어떤 땅을 갖고 있는지도 알고 있소.

11

이곳으로 온 다른 이유도 있었다. 자식들과의 관계 문제가 있었지만 그에 대해서는 말하지 않았다. 어느 날 그 문제를 꺼낸 사람은 필립이었고, 그는 마치 먼 과거의 일처럼 말했다. 기록도 남아 있지 않고, 어느 날짜 하나 확실하지 않은 역사 이전의 시대처럼. 당시 사람들은 동화나 전설 속의 공상적인 모습을 닮았거나 실은 존재하지 않았을지도 모른다. 헤인즈가 이곳에 처음 왔을 때 혼자가 아니었다고 했는데, 필립은 이 말을 하면서도 평소 그의 목소리답지 않게 중얼거렸다. 몇 년 동안 사용하지 않았던 악기를 조율하는 것처럼. 톤을 조절하다보면 그럴 수도 있었다. 헤인즈와 함께였던 누군가는 아릴러였다. 헤인즈가 그녀의 이름을 말하는 모습으로 보아 아릴러는 죽었을 뿐 아니라 그 죽음이 비극적이었음을 곧바로 알 수 있었다. 내가 책을 많이 읽는다는 건 전에 말한 바 있다. 나는 어떤 일에도 놀라지 않는다. 아릴러는 빛이었다. 헤인즈가 계속 횡설수설하는 걸 보니 그 빛이 여전히 그를 비추고 있음을 알 수 있었다. 그녀와 헤인즈는 어느 한 군데 맞는 곳이 없었다, 그럴 수가 없었다. 그는 처음부터 그렇게 운명지어졌다고 생각했다. 그녀는 요정이었고 빛을 발하는 존재였다. 헤인즈가 말한 건 아니지만 나는 그렇게 생각했다. 바위 위에 떨어져 죽으리라고 상상할 수 없는 사람이었다. 요정 같은 사람은 죽지 않으니까. 그녀는 아이들에게 그림을 가르쳤고 아이들을 그리기도 했다.

몇몇 사람들의 집에 가면 아직 그녀가 그린 그림들을 볼 수 있다. 다들 그녀의 그림을 액자에 넣어 걸어놓았다.

모든 지역에서 사람들이 왔고 다들 관습에 따라 검은색 옷차림으로 장례식에 참석했다. 그 자리에서 누구도 헤인즈를 이해하지 못했다. 헤인즈는 돌처럼 굳은 얼굴로 사람들에게 다가가 그녀의 사진을 갖고 있느냐고 물었다. 그는 그녀의 사진을 갖고 싶어했고, 아무도 거절하지 못했다. 수년이 지난 뒤 필립이 헤인즈에게 그녀의 사진으로 무얼 했는지 물었다. 헤인즈는 대답으로 바다를 가리켰다.

12

그래서 그랬었나? 그가 죽기 전 몇 주 동안 테라스에서 그의 옆에 발광체가 앉아 있었다. 그 불운의 날, 함께 배를 타고 바다 위를 달리다 그가 내게 소리쳤을 때도 그녀는 거기에 있었을까? 몰리가 그의 아이를 낳았을 때도? 그녀는 항상 거기에 있었을까? 술에 취해 낮잠을 자다 깨어났을 때 그는 한 번도 보지 못한 세상을 보았다는 듯, 아니면 더는 세상을 보고 싶지 않다는 듯 주위를 둘러보며 놀라곤 했다. 그때도 그녀는 거기에 있었을까? 헤인즈에게는 "곰처럼 생긴 땅딸보, 그는 어쩔 줄 몰라했다"라는 문장이 딱 어울렸다. 곰처럼 생긴 그가 회피할 수 있는 방법은 물속으로 다이빙하는 것뿐이었다. 그게 그리 쉬운 일인가? 감히 그렇다고 말할 수 있다. 하지만 타인의 삶 속으로 들어가기 위한, 그의 비밀을 해독하기 위한, 그의 생각을 풀어내기 위한, 가면 뒤의 모습을 보기 위한 방법들로는 무엇이 있을까? 허접한 영화나 지저분한 소설로부터 얻은 결핍, 잡지에서 사용하는 심리학 용어들, 결코 눕고 싶지 않은 상상 속 긴 의자, 거짓이 진실보다 강해서 어떤 진실도 볼 수 없는 거울들. 헤인즈는 아무 말 하지 않는 것으로 거짓말을 한 것인가? 줄곧 거짓말만 했기에 술을 퍼마셨던가? 헤인즈는 죽음과의 약속을 연기했던가? 마침내 죽음이 찾아왔을 때 과연 구원을 받았을까?

여기서는 웃는 거야. 그가 늘 했던 말이다. 그가 옳았다. 여기서는 웃는 게 맞다, 크게 그리고 당당하게. 나는 매번 이 말을 좀더 멋지게 한다. 한 단어에 너무 많은 형용사가 붙지만. 여기서는 웃는 게 맞아, 바보야.

가까이 오지 마요. 그러나 이건 그가 한 말이 아니다.

13

아릴러. 그때 그 이름이 자주 생각나면서 나를 괴롭혔다. 한번은 헤인즈에게 몰리와 얼마 동안 함께했느냐고 에둘러 물어봤다. 그는 나를 쳐다보자마자, 필립이 말하던 대로, 완전히 돌처럼 굳어졌다. 나중에 내가 다시 한번 필립에게 물어봤을 때 그의 안색은 돌처럼 굳진 않았지만 안개처럼 흐려졌었다. 실은 필립도 그 일이 정확히 언제였는지 기억하지 못했다. 필립 얘기로는, 아릴러가 전혀 모르는 사람과 헤어지는 것처럼 헤인즈를 아주 떠나버렸다고 했다. 처음 헤인즈가 왔을 때 그녀도 함께였지만, 그는 같이 다니면서도 그녀를 사람들과 교류하지 못하게 했다고 필립은 말했다. 내게는 그 표현이 이상하게 느껴졌다. 동사 '교류하다'에 직접목적어가 필요 없기도 했지만, 거기에 사후의 원망 같은 게 드러났기 때문이다. 헤인즈는 자신만을 위해 그녀를 곁에 두었고, 사람들은 그녀를 거의 몰랐는데, 바로 그런 점이 그들에게 깊은 인상을 남겼다.

그녀는 유령이었고 다시 나타난 일종의 공현公現이었다. 아주 컴컴한 어둠 속에 갑자기 나타난 불빛이었고, 거기 있어본 적 없었던 것처럼 눈 깜짝할 사이에 사라져버렸다. 그녀는 정말로 떠난 것이었다. 내가 그녀의 목소리가 어땠는지 물었을 때 헤인즈는 못마땅해했다. 선을 넘은 게 확실했다. 목소리, 목소리? 지금 내가 굳이 그걸 알아야 하나?

나는 그가 무슨 생각을 하는지 알았다. 이미 오래전에 죽은 여자의 목소리가 어땠는지 왜 알려고 하는 건가? 그건 병적인 것이었다. 그는 장례식에 마지못해 참석했었다.

당시 헤인즈가 살았던 옆 마을에서였다. 대화는 끝났지만 크리켓 클럽 얘기가 좀더 이어졌다. 그 네덜란드인들은 모두 멍청했다. 그 멍청이가 내게 무얼 물어봤는지 아는가? 그녀의 목소리가 어땠느냐고 했다. 그리고 그녀의 무덤도 알고 싶어했다. 헤인즈는 제정신이 아니지만 그의 친구들은 더 제정신이 아니다.

무덤. 내 삶에 결코 시가 없는 것은 아니다. 다른 사람들이 어떤지 나는 모른다. 그날 몬탈레를 읽었다. 리구리아에 머물 때

늘 곁에 둔 시집이다. 오징어 뼈, 오징어 해골, 시들은 리구리아에서 일어나는 일들이다. 그렇게 표현할 수 있을지 모르겠다. 시들이 일어난다? 그날 태양은 뜨거웠고, 누군가 내게 길을 알려줬다. 성당을 따라 사이프러스가 기다랗게 줄지어 선 길. "삶이 무너질 때 그것을 받아들이는 모습을 지켜보라." 몬탈레 시의 한 구절이다. 그 시는 내가 하는 일을 잘 묘사해준다. 시, 명료하지 않지만 늘 축어逐語적이다. 내게는 늘 축어적이다.

나는 읽는 사람이다. 내 할일은 읽는 것이다. "작열하는 햇빛을 맞으며 걸어갈 때면 모든 삶과 삶의 고통은 담을 따라 깨진 유리 파편 위를 걷는 것임을 느낀다." 담 뒤쪽의 느릅나무, 희미한 장미꽃 내음, 죽은 자들의 침묵. 성당 공동묘지에 나 혼자임을 깨달았다. 물어볼 만한 사람이 아무도 없었지만 곧바로 그녀의 무덤을 발견했다. 누군가 무덤 위에 싱싱한 꽃을 갖다놓았다. 헤인즈가 아니라는 걸 알았다. 갖고 있던 사진도 전부 바다에 버리는 사람이 무덤을 찾을 리 없다. 작은 비석, 몇 마디 안 되는 글귀. 아릴러 판더 루흐트, 두 번의 소리 없는 호흡. 1940~1962.

사십 년 뒤 당신의 무덤에 꽃을 갖다놓는 사람이 있다면 당신은 얼마나 멀리 갈 수 있겠는가? "삶이 무너질 때 그것을 받아들이는 모습을 지켜보라."

14

아침 열시 전에는 헤인즈를 찾을 필요가 없었다. 그 시간 이후 그는 늘 사무실 아니면 암레토*가 운영하는 바 리구리아에 있었다. 이탈리아에 햄릿이라는 이름을 가진 사람은 그리 많지 않다. 암레토에게 이름의 유래를 묻자 그는 벽에 걸린 초상화를 가리켰다. 사제복 위로 솟아오른 번데기 같은 얼굴, 로만 칼라 사이에 걸친 이중턱, 살찐 몸이 이루는 끊김 없는 비탈. 암레토, 추기경 오타비아니Ottaviani. 제 아버지는 햄릿 같은 분은 아니었지만 아주 성직자다우셨습니다. 그분은 내가 사제가 되길 원하셨죠.

암레토 주점의 매출액 절반을 헤인즈 혼자 올려줬다. 헤인즈

* '햄릿'의 이탈리아어.

의 이웃에 살 때 그를 만나려면 항상 바 리구리아로 찾아갔다. 나는 아릴러의 묘를 찾아갔던 걸 그에게 말하지 않기로 했다. 헤인즈는 바 뒤쪽에서 캄파리 술병을 앞에 놓고 앉아 있었다. 이게 내 아침식사이자 하루 양식이오. 네덜란드인이 발명한 이 술. 이렇게 말하면 여기 사람들이 좋아하지 않지. 아드리아누스 6세, 유일한 네덜란드 출신 교황, 폴란드 출신이 나오기 전까지 유일했던 비이탈리아 출신 교황. 알다시피 그분이 캄펀에서 올 때 비터스*를 가져왔소. 캄파리도 그런 술의 일종이란 말이오. 그러나 헤인즈는 유쾌한 기분이 아니었다. 어느 네덜란드 사람이 만에서 빠져 죽었는데 가족과 연락이 닿지 않았다. 바다에서 수영하는 사람이 여권 같은 건 갖고 있지 않지. 해변에서 발견된 건 수건이 담긴 바구니뿐이었고. 그래서 시신을 한동안 슈퍼마켓의 냉동고 안에 안치시켜놓았소. 대부분은 가족이 찾아오지 않고, 죽은 사람이 보험을 들지 않았으면 시신에 대한 권리를 주장하지도 않소. 그러면 그 시신은 내 몫이 되는 거요. 네덜란드 외무부에서 별도로 비용을 지급해주지만 내키지 않는 일이지. 내일 함께 가봅시다. 일이 어떻게 처리되는지 보여주겠소.

그렇다, 정말 유쾌한 일이 아니었다. 면도를 하지 않아 수염이

* 도수가 높은 네덜란드 전통주.

덥수룩한 기사가 모는 영구차. 내 앞으로 상당한 보수가 지급되지만 우리는 나눠 가졌소. 나는 필수적으로 입회해야 하는 증인이 되어 있었다. 당신이 없었으면 증인을 따로 고용해야 했을 텐데 마침 잘됐소. 우리는 헤인즈의 찌그러진 피아트 승용차를 타고 찌그러진 검은색 혼다 영구차를 뒤따라 달렸다. 지난 주말에 디스코장에서 집으로 돌아가다 차가 서버렸소. 이런! 케인즈 씨, 당신 집은 반대잖아요! 차를 돌리는 데 애를 먹었소. 그날 밤 사람들이 담벼락에 제멋대로 주차를 해놓은 바람에. 정말 웃기는 놈들이지. 그래도 간신히 빠져나올 수 있어 안도의 한숨을 쉬었소.

익사한 네덜란드인은 수의사로 밝혀졌다. 아내도, 자식도, 연락할 만한 친구도 없었고 먼 친척뿐이었다. "참 딱한 노릇이군." 헤인즈는 늘 시신을 투신한 장소에 놓아두라고 말했고, 네덜란드 대사관 명의의 조화와 함께 자신의 이름으로도 조화를 보냈다. 우리는 관을 따라서 갔다. 날씨가 벌써 더워지기 시작했고 헤인즈는 땀을 흘렸다. 바다와 가까웠지만 언덕은 4월이 아닌 8월의 잔혹한 날씨였다. 인부 둘이 입에 담배를 문 채 파놓은 빈 무덤 옆에서 끈으로 관을 받쳐들고 서 있다가 곧장 끈을 내려놓고 헤인즈와 악수를 했다. 요릭*을 두고 무덤을 파는 두 인부, 팁 혹은

* 셰익스피어 『햄릿』에 나오는 궁정 광대.

술 한잔할 기대에 찬 그들의 눈빛. 이제 관이 열려야 했다. 헤인즈가 투명한 플라스틱 뚜껑을 옆으로 밀쳤다. 보시오! 나는 쳐다보았다. 쉰 살가량의 험상궂게 생긴 대머리 남자. 이것이 잘못된 죽음인 듯 표정이 일그러져 있었다. 그 모습을 보는 건 잠시였고, 헤인즈가 신호를 보내자 인부들이 관을 벽 안으로 밀어넣기 시작했다. 나는 헤인즈가 바로 일주일 전에 내가 자기 아내의 무덤에 갔었던 걸 모른다고 생각했다.

평안한 안식을. 그가 진심으로 한 말이었을까? 나는 그를 쳐다보았다. 그는 반항적인 얼굴을 하고 있었다. 내 말이 아니오. 네덜란드 국가가 하는 말이지. 망자는 여기서 십 년간 안치될 수 있고 그 뒤엔 임대가 끝나오. 그러고선 완전히 사라지는 거지. 그후 망자를 어떻게 처리하는지 나는 잘 모르오. 두 인부에게 물어보시오. 유해를 빻든지 태우든지 하겠지. 비료화할 수도 있고. 하지만 물어본 적은 없소. 이상하지 않소? 그의 마지막 말이 무슨 뜻인지는 모른다. 말라빠진 유해로 무슨 짓을 하는지 그가 모른다는 게, 누군가의 삶이 그런 식으로 끝난다는 게, 아무도 없는 장례식에서 알지도 못하는 사람에 의해 묻힌다는 게 이상하다는 건가? 헤인즈 아내의 무덤은 없어지지 않았고 누군가 임대료를 지불하고 있다는 걸 나는 알았다.

그 무덤이 거기에 있다는 사실을 당신이 안다는 걸 상대가 모른다면, 어떻게 먼저 이야기를 꺼내겠는가. 리구리아, 요릭이 없는 암레토, 항구에서의 점심식사, 집으로, 다이빙, 위스키, 노래, 웃음. 의심할 바 없이 쾌활했던 부영사. 그는 일을 했고, 의무를 다했다. 공동묘지에 동포를 묻음으로써.

15

대단원? 아니다. 이건 연극이 아니라 실제 삶이고, 그런 결말은 일어나지 않는다. 술은 마음을 교란하고, 일을 벌이고, 공격하게 한다. 진료 차트 역시 소설이다, 전쟁소설. 인간의 간은 많은 것을 취할 수 있지만 모든 것을 취할 수는 없다. 참호전도, 전선 후방의 낙하산병도, 영구적인 전격전도 아니다. 내가 떠나기 전 마지막 여름, 헤인즈는 담배를 끊었다. 약속은 연기될 수 있는 것이다. 그의 오두막집 주변 바위는 온통 악취 풍기는 플라스틱 담배 필터들로 뒤덮여 있었다. 내가 매번 네덜란드에서 그에게 가져다준 담배였다. 위프로Wipro*로 원치 않는 손님을 제거하

* 비즈니스 컨설팅 서비스를 제공하는 인도 다국적 기업.

라. 이 말처럼 그는 매일 금연을 했고, 담뱃갑과 니코틴 덩어리들을 전부 바비큐 그릴에 던져버렸다. 무슨 얘기냐고? 의지력 문제요. 당신 스스로 결심해야 하지. 그는 다른 결정을 내리지 않았고 이따금 잠시 흔들리기도 했다. 독한 술은 더이상 마시지 않고 약한 로제와인만 마시고 있소. 약한 로제, 벌써 여섯 병째였다. 그가 술을 마구 들이부었다고 몰리가 말했다. 레모네이드를 들어요. 해가 되지 않소, 단 쾌감도 없지. 가을에 첫 소식을 들었다. 내가 그에게 안부전화를 했다. 아니, 좋지 않소. 그들이 날 따라잡았소. 그는 그들이 누군지 얘기하지 않았지만 오랫동안 알고 지냈던 사람 같았다. 예상했던 대로요. 나는 필립에게 전화했다. 수화기 너머에서 그가 어깨를 으쓱하는 걸 알 수 있었다. 그는 평생 그렇게 해왔잖아요, 안 그런가요?

그가 네덜란드에 왔다. 처리해야 할 일이 좀 있소. 아니, 그의 예전 모습을 찾아볼 수 없었다. 외관은 변함없었지만 실은 달랐다. 그의 육중한 몸집 안에서 무언가 잘못되어가고 있었다. 북네덜란드에서 헤인즈처럼 큰 체격을 본 적이 없는데, 그 거대함이 완전히 낯선 인상을 주었다. 그는 그의 트레이드마크인 트로피컬 셔츠 대신 낡고 타이트한 상의를 입고 있었다. 라렌스 골프 클럽의 구리 단추가 달린 운동복이었는데, 가슴 주머니 위에는 지난 시절의 문장紋章 배지가 달려 있었다. 최악은 얼굴이었다. 치아는 예전보다 두 배나 커져 있었고 희었던 눈은 그의 피부처럼 누렜다. 웃음만은 그대로였다. 실외 생활에 익숙해졌는지 암스테르담의 카페에서는 목소리가 너무 컸다. 생수 한 잔 주쇼. 그는 보험을 들지 않은 것으로 밝혀졌다. 그럴 리가. 설마 그럴 리가?

아니, 들지 않았소. 명예직이잖소, 안 그렇소? 내과 전문의인 내 친구가 그를 한번 보기로 했다. 진찰 결과, 친구는 이렇게 말했다. "여기에 머문다면 가망은 있겠지만 아주 미미할 뿐이네. 솔직히 말하면 가망이 없다고 보네."

고난의 갈보리 언덕이 되고 있었다. 그에게 사실을 말했나? 친구가 자세히 말하지는 않았지만 헤인즈는 이미 아는 듯했다. 사람들도 놀라지 않았거나 이미 그 사실을 알고 있는 것 같았다. 아무튼 헤인즈는 여기에 머물고 싶어하지 않았다.

16

그는 집으로 돌아가려 했다. 바다 구경 좀 하세. 그가 떠나기 전날 내게 들렀다. 왕자처럼 사는군. 노력 많이 했겠소. 저건 뭐요?

그건 통가에서 찍은 사진이었다. 거기서 내가 무얼 했던가? 잡지에 게재할 글을 쓰고 있었다. 날짜 변경선에 관한 글이었다. 그가 호기심을 보였다. 변경선은 틀림없이 어딘가에 있지만 그것에 대해 생각해본 적은 없소.

한 발 뒤로 물러서면, 어제인 건가? 그건 어디에 서 있느냐에 달려 있다. 다시 한 발 뒤로 물러서면 그 어제는 내일이 된다. 그는 발을 뒤로 내디디고 다시 한 발 뒤로 내디뎌보려 했다. 그 거구가 방 한가운데에 서서 자기에게만 보이는 어느 한 곳을 뚫어지게 응시하며 한 발을 뒤로 내디뎠다. 어제! 거기 사람들은 과민

하지 않겠지? 그는 벽에 붙은 사진을 떼어내 자세히 들여다보았다. 야자수, 흰색의 낮은 목조 주택, 작은 항구에 몇 채 안 되는 어부들의 오두막집. 나는 그곳으로 갈 거요. 일주일 후, 그는 통가에 왕이 있다는 말을 해주려고 내게 전화했다. 당신도 물론 알고 있겠지. 그 순간부터 모든 대화의 주제는 통가였다. 집 몇 채를 팔아야겠지만 그래도 가려고 하오. 그는 자기가 앓는 병에 대해 한 마디도 하지 않았다. 난 잘 지내고 있소. 그곳 왕의 몸무게가 1톤은 되는 거 아시오? 그리고 귀족들도 있지. 왕의 어머니도 거구로 매우 유명했지. 살로테 여왕. 왕이 어머니 몸무게를 물려받은 게지. 그리고 몰리? 몰리는 영국에 아이들과 함께 있소. 당신은 언제 올 거요? 이곳 10월은 아름답소. 다이빙을 할 수 있지.

진짜 소식은 필립으로부터 왔다. 이제 헤인즈 꼴이 말이 아니라고 했다. 몰리는 도망갔고, 헤인즈는 하루종일 바다만 쳐다보고 앉아 모든 치료를 거부한다는 소식이었다.

그를 찾아가는 이는 거의 없었고, 사람들은 그를 찾아가는 걸 끔찍해했다. 그는 통가에 대한 실없는 소리만 할 뿐이었는데, 내가 보기에는 약간 정신이 나간 것 같았다. 필립은 내게 형편이 되면 한번 오라고 했지만 현실의 나는 잡지를 만들어야 했다. 헤인즈가 죽음을 앞둔 이런 상황에서 마감일은 특별한 의미를 갖게 되었다. 물론 현실세계란 상대적 개념이지만 헤인즈의 마지막 계획들과 비교하면 그의 '실제'는 한계가 없었다. 헤인즈는 통가의 농촌에 가고 싶어했다. 유럽으로부터 지원받을 수 있소. 거기서는 모든 게 배추처럼 성장할 거요. 내가 보기에 사업도 가능할 것 같고. 건강식, 배추와 생선, 뭘 더 바라겠소.

통가에서 배추. 그가 한 말들을 조합하면 저절로 몽테뉴가 떠오른다. "내가 배추를 심고 있을 때 죽음이 나를 발견하기를 바란다…… 그리고 나는 죽음에 대해 신경쓰고 싶지 않다." 프랑스어에서 죽음이라는 단어가 여성명사라는 사실이 헤인즈의 마음에 들었을 것이다. 그리고 헤인즈는 그녀에 대해 신경쓰지 않았던 것 같다. 우리에게 그녀에 대해 아무런 얘기도 하지 않았다. 그는 통가 얘기만 했다.

17

내가 마침내 갈 수 있었던 건 거의 11월이 되어서였다. 강한 바람 때문에 비행기가 착륙하기 어려웠다. 그는 영사관에도, 바리구리아에도 없었다. 암레토는 정말로 비통해했다, 그건 분명했다. "개자식! 그는 아무것도 원하지 않아요, 아무것도! 우리가 진료비를 지불하겠다고 했는데도 막무가내였어요! 몇몇 친구들과 돈을 좀 모았는데, 그는 우리가 무슨 얘기를 하는지 모르는 것 같더라고요. 통가에 간대요! 말이 되나요! 관에 실려 통가에 가려는 건지. 개자식!" 젠장, 쓰레기 같은 놈, 똥 같은 녀석, 남부 유럽에서 말끝마다 붙는 욕 레퍼토리다. 친구들은 그런 심한 욕으로만 그를 구할 수 있을 것 같았다. 명예부영사께서는 테라스에 앉아 있었다. 바다는 분노하고 있었고 다이빙은 불가능했다.

헤인즈는 마치 오 분 전에 만났던 것처럼 내게 인사했다. 다 죽어가는 몰골에서 목소리가 나왔다. 친구들이 왜 그의 모습을 끔찍하다고 했는지 알 것 같았다. 목소리는 평소와 같았지만 몸은 더이상 예전의 그가 아니었다. 그 모습이 공포감을 불러일으켰다. 바닷물이 한 번도 보지 못했던 회색빛으로 바위에 부딪히고 있었다. 처음 쾌속정을 탔을 때 같았다. 그의 오두막집 아래 작은 동굴 안으로 사나운 물결이 내려치며 흘러들었다 다시 어두운 빛을 띤 채 동굴 밖으로 밀려나왔다. 큰 휘파람소리, 공기를 빨아들이는 소리, 보이지 않는 거인이 침을 뱉고 나서 벌컥벌컥 물을 마시는 소리, 자연이 동시에 수백 대의 오르간을 연주하는 소리. 거대한 회색빛 파도가 우리를 향해 높이 밀려올라왔다 다시 사라져 물마루 사이로 낙하했고, 물마루 골은 순식간에 소용돌이치며 납빛 물살로 다시 채워졌다. 처음에는 주위의 시끄러움 때문에 들리지 않았으나 헤인즈가 노래를 하고 있었다. 그는 바람과 하나되어 노래했고, 그건 노래라기보다 즐거운 외침이었다. 그는 예전의 눈빛으로 나를 쳐다보았다. 그는 몽테뉴를 읽을 필요가 없었다. 그 누가, 그 무엇이 위협해도 개의치 않았으니까. 그는 행복해했다, 그렇게 보였다. 바로 그때 나는 비둘기를 보았다. 작은 잿빛 비둘기 한 마리가 이따금 깃털을 퍼덕이며 테라스 한구석에 앉아 있었다. 필립이 했던 얘기가 생각났다. 그곳에 매일 멍청한 비둘기가 함께 앉아 있어요. 바다에 속한 새가 아니죠. 난 거기서 비둘기를 한 번도 본 적 없어요. 까마귀도 마찬가지고요. 녀석들은 거기서 이방인이에요. 적어도 갈매기나 알바트로스였다면 더 좋았겠죠. 어쨌든 녀석들은 이제 게임이 끝났다고 알려주러 온 게 아니겠어요? 이따금 퍼덕이는 깃털들. 바람 때문일 수 있다. 그러나 여기서는 마치 누군가가 비둘기의 깃털을 반대로 쓰다듬고 있는 것 같았고, 짐승들이 추위에 질려 떨듯 깃털들이 반쯤 부풀어올라 있었다. 헤인즈가 나를 바라보았다. 내 반려 여인이오, 내가 네덜란드에서 돌아온 이래 매일 오고 있소. 이상한 영물이지. 사람의 눈을 하고 있으니. 내가 쳐다보자 비둘기도 나를 보았다. 비둘기의 눈에서 내가 무얼 보았는지는 모르겠다. 말할 수 없는 무언가를 보았다는 게 오히려 맞을 것이다. 구슬 혹은 우주 같은 것을 보았지만 그것들은 아무런 도움이 안 된다. 어떤 상황과도 상관이 없다. 동물원에 가서 사자, 원숭이, 올빼미를 계속 쳐다볼 순 있겠지만 아무것도 얻지 못할 것이다. 그러나 헤인즈는 달랐다. 나는 그녀와 많은 대화를 나누었소. 그리고 당신한테 보여줄 게 있소. 그가 애를 써서 의자에서 일어난 뒤 발을 질질 끌며 집안으로 들어갔다. 회오리바람이 집안으로 휘몰아치면서 테이블에 있던 커다란 지도를 휩쓸고 가버렸다. 통가 지도였다. 날아가지 마, 여기 있어. 그가 날아가던 지도를 붙잡아 테이블 위에 펼쳐놓은 뒤 우리는 군도群島를 보았다. 통가타푸, 토쿠, 타팔리. 끝없이 넓은 대양에 흩뿌려진 171개의 섬. 그는 흥얼거리고 있었다. 기다릴 수가 없네. 나는 며칠간 머물고 떠나야 했다. 작별인사를 하러 갔을 때 테라스 가장자리에 비둘기가 앉아 있었다. 늘 몰리가 누워 있던 자리였다. 몰리에게 영국에 가 있는 게 좋겠다고 했소. 그녀는 늘 트라몬타나*에 예민했으니까. 염기를 가득 머금고 불어와 모든 게 축축해지는 걸 싫어했소. 나는 지금도 예전처럼 여기서 살고 있고. 이젠 집을 세놓았소, 방랑자인 거요. 내가 떠날 때 그는 나를 쳐다보지 않았다. 여전히 강렬한 햇빛을 마주하고 앉아 있는 그를 나는 멀리서 바라보았다. 비둘기 그림자 곁한 남자의 그림자. 그리고 얼마 지나지 않아 그는 구급차로 이송됐고 영국행 비행기를 탔다.

앤드리아로부터 그가 입원한 병실의 전화번호를 받았다. 몰리의 어머니 집 근처의 병원이었다. 그와 한 번 통화를 했었다. 퇴원하면 통가로 가겠소. 엽서를 보내겠소. 모든 게 끝난 뒤 십여 일이 지나 몰리는 그녀가 사는 마을의 교회 묘지에 헤인즈가 조용히 묻혔다는 소식을 보내왔다. 마침내 그녀는 헤인즈를 혼자 있게 했다. 나는 그의 장례식 장면을 상상할 수 있었다. 영국 성공

* Tramontana. 지중해 북쪽에서 불어오는 냉풍.

회 주임사제, 영국 성공회 성가, 영국의 망자가 된 네덜란드 야인. 필립은 비둘기가 매일 찾아와 잠시 머물렀으나 그가 죽은 뒤부터 갑자기 오지 않았다고 말했다. 몰리는 영국에 머물렀고, 앤드리아가 그 오두막집을 치웠다. 거대한 쓰레기장이자 도둑의 소굴이었다. 아니, 그들은 통가 지도를 발견하지 못했다.

18

나는 여름이 몇 번 지나는 동안 리구리아에 가지 못했다. 그곳 집을 계속 유지해야 하는지도 결정할 수 없었다. 필립이 계절마다 세입자를 찾아주었고, 앤드리아가 겨울마다 집을 환기시켜줬다. 그러지 않으면 집에 온통 곰팡이가 끼기 때문이었다. 헤인즈의 죽음 때문이었는지는 모르겠지만 아무튼 나는 알프스 지방 반대쪽에 머물다 오륙 년이 지나서야 처음 돌아왔다. 며칠 뒤 앤드리아가 갑자기 말을 타자고 했다. 내가 승마를 하지 않는 건 그녀도 안다. 당신을 위해 특별히 유순한 말을 준비해놓았어요. 우리는 물론 헤인즈와 몰리 이야기를 했다. 몰리는 헌신하는 할머니가 되기 시작했어요. 정말 최선을 다해서 말이죠. 이미 수세기 동안 전해내려온 여자의 역할을. 이탈리아에 사는 영국인 할머니, 웃기는 일이죠. 그녀가 고삐를 당겨 말을 세웠고 우리는 마을 위쪽의 높은 산으로 달렸다. 거기서부터 바다와 헤인즈의 오두막집이 있는 작은 만이 보였다. 그날 역시 바다가 거칠었다. 그녀가 나를 향해 돌아섰다. 붉은 벨벳 모자 아래로 햇볕에 탄 갈색의 매끈한 얼굴이 보였다. 그녀도 더 나이가 들었지만 몰리처럼 방치한 얼굴은 아니었다. 그녀는 여전히 일요일마다 승마 시합에 나가 말을 탔다.

헤인즈는 죽음으로써 혼자 있기를 원했어요. 그 자신처럼 단순했죠. 그의 곁에 우리가 있을 필요가 없었던 거죠. 아릴러를 만난 뒤 그는 줄곧 죽음을 의식했어요. 그녀는 나를 보기 위해 살짝 박차를 가해 말을 돌렸다. 아릴러가 헤인즈에게 어떤 존재였는지 아무도 몰랐죠. 거미줄이었다는 걸.

이상하게 들리겠지만 사실이 그랬어요. 감히 그녀를 건드릴 수 없었죠. 아주 섬세하고 투명했어요. 거미줄 같았다고 이해하는 게 좋을 거예요. 누군가 아름답게 노래를 부르는데 그게 옆방에 있는 존재인 거죠. 그래서 모든 남자들이 그녀에게 매료됐고요, 특히 필립이. 그리고 헤인즈가 자기 자신을 위해 그녀를 붙잡아두려 했던 이유이기도 하죠.

19

지금 이 이야기를 쓰고 있는 나는 알프스 지방 반대쪽에 돌아와 있다. 지금 다시 그 사진을 들여다보고 있다. 개, 주택 세일즈맨, 앤드리아, 필립, 헤인즈, 아무도 움직이지 않았다. 그들 모두 시간 속에 냉동된 채 서 있다. 그들은 움직이자마자 내 이야기를 할 것이다.

나는 방금 내가 말했던 것들의 증거를 볼 수 있기를 바라면서 헤인즈의 얼굴을 들여다본다. 그러나 볼 수 없다. 음주, 웃음, 비둘기, 죽음, 통가, 이 모든 것들이 거기에 있지만 그건 오직 내가 그것들을 알기 때문이다. 내가 아는 사실은 남들에게 통하지 않고 보이지도 않는다. 이 사진을 우연히 어디선가 발견한다면 그 사람은 사진 속 인물들이 누군지 모를 테고, 그들은 수수께끼로

남을 것이다. 그 익명의 인물들이 말을 하지 않는 이상 그들의 눈은 동물의 눈과 같다. 그리고 당신은 그들 안으로 들어가볼 수 없다. 사진 속 나를 쳐다보는 사람, 그는 나의 무엇을 보고 있는 걸까? 똑같음을 보거나, 아무것도 보지 못하거나. 혹은 그가 보는 게 무엇이든 현실이 어떤지 모르는 채 해석하거나. 그 혹은 그녀는 사진 속 인물들의 나이, 옷, 유행, 시기에 대해, 또한 알 바 아닌 그들의 캐릭터에 대해 단정할 것이다. 그러나 그 단정들은 가상적이고 추론적이다. 문학, 원한다면, 허구라 하자. 우리는 비밀을 지닌 존재다. 그리고 그게 옳다면 우리는 아무도 근접할 수 없는 곳으로 그 비밀들을 가져갈 것이다.

9월 말

수지의 몸무게는 48킬로그램이다. 따라서 바람이 세게 불지 않아도 바다로 나가는 넓은 도로에서는 충분히 날아갈 수 있다. 위성류나무, 소나무, 무화과나무, 나뭇잎이 흔들리고 바람이 운다. 끝까지 버티는 거야, 그녀는 가냘픈 왼쪽 어깨로 바다에서 육지를 향해 휘몰아치는 광풍을 맞으며 중얼거린다. 끝까지 버티는 거야, 해군 제독이 늘 하던 말이었다. 수지는 제독의 아내가 죽은 뒤 여기서 제독의 마지막 몇 년을 돌보았다. 제독의 아내 애너벨은 수지와 기숙학교 때부터 친구였다. 그녀의 장례식이 끝나자마자 수지의 위치는 곁장 테이블에서 침대로 바뀌었다. 그들은 애너벨을 지금 제독이 누워 있는 공동묘지에 묻었다. 그리고 그의 낡은 트라이엄프를 몰고 다른 마을에 있는 애너벨의 집으로 갔다. 그들의 고향인 웨일스에서라면 결코 하지 않았을 일이다. 조금 부끄럽지만 그들은 애너벨이 생의 끝자락에 다다르기 직전에 그녀에게 모든 것을 상의했다. 꺼져가는 촛불. 그녀는 마지막 순간에 목소리가 거의 나오지 않았지만 위엄 있는 어조로 내뱉듯 중얼거렸다. 야단 떨지 마. 우리는 모두 그렇게 늙는다. 유일하게 충격을 받는 건 목요일의 사람들이겠지만 그건 상관없다. 이곳 영국인들은 목요일마다 마을에 모여 뒷담화를 하거나, 브리지 카드를 하거나, 스페인 사람들 욕을 한다. 애너벨이 입었던 옷들을 처리하는 일이 가장 어려웠다. 수지는 프링글에서 만든 캐시미어 스웨터들을 버릴 수 없어 세탁소에 맡겼다가 한동안 바깥바람을 맞도록 널어놓았다. 애너벨이 쓰던 향수 샤넬 넘버 5의 냄새를 없애기 위해서였다. 제독은 그런 일을 전혀 눈치채지 못했다. 알았을 수도 있지만 한 번도 언급하지 않았다. 침대는 몸을 따뜻하게 하는 것 이상의 의미가 없었고, 그녀도 그게 좋았다. 그리고 그는 마을 사람들이 무슨 말을 하든 상관하지 않았다. 해군 제독으로서 여기서 지체 있는 사람으로 통했으니까. 요즘처럼 저가 항공인 이지제트를 탄다거나 옷을 반은 벗은 채 테라스에 앉아 술을 마시는 서민들과 달랐다. 그녀는 자신들의 언어보다 스페인어가 훨씬 이해하기 쉬웠다. 제독은 아무런 문제가 없었다. 오직 〈데일리 텔레그래프〉를 읽고, 스카치위스키를 마시고, 전쟁 이야기를 할 수 있으면 그걸로 됐다. 그는 다시 결혼하고 싶은 생각이 없었고 수지도 마찬가지였다. 그녀는 이미 오래전에 사별한 남편의 연금을 받고 있었다. 그녀의 남편도 해군이었지만 제독은 아니었다. 남편이 집을 그녀의 명의로 해놓았었고, 그녀는 집을 팔아 조금 떨어진 해안에 지어진 작은 아파트로 이사해 살 수 있었다.

9월 말이었지만 10월처럼 느껴졌다. 모든 사건은 올해 초에 일어났다.

그녀는 늘 수고를 했다. 스페인은 겨울 나라가 아니었고, 겨울이 되면 가급적 영국식으로 해야 했다. 물건을 전부 실내로 옮겨놓고 테라스 문도 열어놓지 않았다. 램프, 스콘과 럼을 약간 넣은 차도 준비했다. 그녀는 하던 일을 잠깐 멈춰야 했다. 멀리서 그녀는 루이스를 보았다. 루이스는 그녀가 왔는지 보려고 바 에스트렐라에서 잠깐 밖으로 나와 있었다. 주석의자들이 놓여 있는 테라스에 아무도 앉아 있지 않았고 그럴 때면 루이스는 기분이 좋지 않았다. 또 팁 없는 하루가 되기 때문이다. 테이블은 길가에 놓인 네 개가 전부였지만 앉아 있는 손님이 아무도 없으면 갑자기 휑하고 쓸쓸하게 보였다. 가을이면 날이 일찍 어두워질 뿐만 아니라 〈데일리 메일〉—그녀는 〈데일리 텔레그래프〉를 읽지 않았다—을 사러 시내에 가야 했다. 그녀는 아직 운전을 할 수 있었지만 신문을 사러 가는 일이 아니라면 집에 있었을 것이다. 일주일에 두 번 슈퍼에 가면 충분했고, 모든 건 냉동시킬 수 있었다. 그리고 목요일 모임에는 물론 빠질 수 없었다. 그녀는 바다 소리를 들었다. 도로는 해안가 옆 황량한 들판에 이르러 끝났다. 여름이면 들판에는 그녀가 야생마늘이라고 부르는 것들이 자랐다. 기다란 줄기 꼭대기에 구근 몇 개가 달린 야생마늘은 땅 둘레를 칼로 조금만 쑤셔대면 쉽게 뽑아낼 수 있었다. 그는 그런 그녀를 늘 비웃었다. 마늘은 흰 종이 같은 얇은 껍질에 단단히 싸여 있었고 껍질을 벗겨내면 다시 갈색 겉껍질에 싸인 작고 단단한 구근이 나왔다. 구근들은 약간 끈적거렸지만, 들판에서 야생으로 자란 것들을 수고 없이 그저 얻을 수 있다는 데서 늘 그녀는 만족감을 느꼈다. 그는 마늘을 좋아하지 않았으나 그녀는 키쉬 파이를 만들 때면 조금씩 사용했고, 어쨌든 그는 그런 파이를 먹었다. 바닷가로 갈수록 들판의 땅은 더 단단해졌고 그러다 마침내 파도가 세차게 부딪히는 바위들이 나타났다. 아직 보행에 문제가 없었을 때 그는 늘 저녁식사 전에 바닷가에 가고 싶어 했다. 그들은 바닷가로 나가 한동안 소리를 듣고 바다를 바라보았다. "난 바다가 무슨 말을 하는지 정확히 알고 있소." 그는 이렇게 말하곤 했지만 그게 무언지 말한 적은 없었다. 그녀는 바다

소리를 좋아했다. 오늘은 그 소리가 커다랗고 뭉실하게 한껏 부푼 구름과 잘 어울렸다. 그는 배가 지나갈 때를 대비해 늘 쌍안경을 지니고 다녔고, 가끔 그녀 역시 쌍안경으로 배를 볼 수 있었다. 오늘은 바다가 너무 사나워서 어디서도 배가 보이지 않았고 어부들은 뭍에 있었다. 그녀는 집 뒤쪽 만에 있는 작은 배들을 보았다. 강풍 예보 때문에 다들 이중으로 묶여 있었다.

밖에 있던 루이스가 다시 안으로 들어갔다. 그녀는 그가 자신이 왔는지 보려고 잠깐 나왔다는 걸 알고 있었다. 그건 게임의 일부였고 한 번도 논의한 적 없는 약속이었다. 손님이 아무도 없으면 그는 그녀가 의자에 앉을 때까지 안에 머물러 있다가 그제야 밖으로 나왔다. 뚱뚱한 거구에 벗어진 머리 아래로 남은 머리를 볼품없이 땋아내려 늙은 미국 재즈 드러머처럼 생긴 바의 주인은 보이지 않았는데 아마 주방에서 타파스*를 만들고 있을 것이다. 그녀는 너무 기름진 그 타파스를 좋아하지 않았다. 안을 들여다보니 루이스가 작은 흰 접시들을 이리저리 움직이는 걸로 보아 바쁜 듯했다. 하지만 그는 그녀를 위해 그렇게 바쁠 필요가 없었다. 그녀는 아무것도 주문하지 않을 테고, 한다 해도 고작

* 스페인에서 식사 전에 술과 곁들여 먹는 소량의 요리.

아몬드 조금이라는 걸 알고 있었으니까. 그녀는 작은 흰색 핸드백을 테이블 위에 올려놓고 던힐 담뱃갑을 꺼냈다. 테이블들은 값싸 보였지만 상판의 알루미늄 빛깔이 마음에 들었다. 그 빛깔 때문에 핸드백이 멋지게 보였고, 빨간색과 금색이 들어간 던힐 담뱃갑은 제독이 그녀에게 준 애너벨의 반지와 잘 어울렸다. 그녀는 늘 손에 신경을 많이 썼다. 나이가 들어 핏기가 없고 주름이 많다는 걸 그녀도 잘 알았다. 그래도 다행히 손톱에 매니큐어를 칠하면 얇고 푸른 혈관이 드러나 보이지 않았고, 핸드백과 담뱃갑 사이에 올려놓은 손을 보는 것도 즐거웠다. 예전에는 전혀 그런 일에 신경쓰지 않았으나 이제 세상을 오래 살다보니 그런 일들이 중요해졌다. 루이스가 테이블에 나타났다. 깨끗한 갈색 셔츠를 입고 있었다. 그는 유니폼인 그 옷 외에 다른 옷을 입지 않았다. 그녀는 루이스에게 부인이 없다는 걸 알았는데, 셔츠는 늘 잘 다려져 있었고, 그는 언제나 검정 바지에 검정 구두 차림이었다. 앙증맞은 그의 발에는 값싼 스페인제보다는 영국제 구두가 더 잘 어울릴 것 같았다. 제독이 바다가 무슨 말을 하는지 잘 알았던 것처럼 매번 그녀는 루이스가 어떤 기분인지 알았다. 오늘은 기분이 좋지 않았다. 사실 그는 그녀가 무엇을 주문할지 정확히 알고 있었으므로 밖으로 나올 필요가 없었다. 그러나 그것 역시 게임의 일부였다. 다른 손님이 오지 않는다면 그는 거기에 서서 그녀가 이미 아는 것들을 전부 말해줄 것이다. 그녀는 스페인어가 서툴렀지만 그의 이야기를 너무 자주 들어서 다시 그에게 해줄 수 있을 정도였다. 한편 그의 영어가 형편없어서 거의 이해할 수 없었기에 그들의 대화는 곧장 중단됐다. 사실 그녀는 그의 말을 집중해 들을 필요가 없었다. 어렸을 때 성당에서 들었던 모호한 말들, 강론이나 호칭기도 같은 형태로 밀려들어왔던 말들 같았기 때문이다. 여기서 그의 말들은 먼바다에 속한 것, 갈색 셔츠와 부드럽게 빗어넘겨 길게 늘어뜨린 검은 머리칼에 속한 것에 지나지 않았다. 작년 여기에는 주인의 아들이 있었고 그때의 대화는 달랐다. 그러나 올해 그는 돌아오지 않았다. 손님이 적어 별로 할일이 없었기 때문이다. 그녀는 애너벨에게도 항상 잘 어울렸던 붉은색 숄을 두르고 왔어야 했다고 생각하면서 담배에 불을 붙였다. 애너벨 여사. 바람 때문에 그녀의 손이 약간 떨렸다. 루이스는 안에서 음악을 낮게 틀어놓고 잔에 얼음을 가득 채운 뒤 위에 레몬 두 조각을 얹은 진과 토닉워터 한 병을 그녀에게 내오려던 참이었다. 그는 레몬 조각을 두 개 넣어야 한다는 걸 머릿속에 입력하는 데 시간이 좀 걸렸다. 그리고 그녀는 슈웹스보다 노르딕미스트를 즐겨 마셨다. 거기에 진을 곁들이는 게 훨씬 좋았다. 그들은 오로지 그녀 때문에 노르딕미스트를 준비해두었고, 그들의 호의를 그녀도 분명히 알았다. 주인이 없으면 그녀의 잔에 진이 더 많이 따라져 있을 것이고, 따르는 양은 루이스의 기분에 달려 있었다. 아주 단순했다. 기분이 저기압이면 많이 따라주었다. 첫 잔은 첫번째 부인, 둘째 잔은 두번째 부인, 그다음 잔은 자식들 때문이었다. 그 마지막 잔은 한계를 넘은 거야Romper la intimidad라는 그의 말과 함께 왔다. 그녀는 밤에 침대에 누워 이따금 그 말을 반복했다. 그런데 이번에 그는 두번째 잔에서 그 말을 했다.

그 표현을 어떻게 해석해야 할지 그녀는 아직도 모른다. 간통하다? 영어 표현 같지 않았다. 그녀가 스페인 여자라면 죽은 친구의 캐시미어 스웨터를 입지 않았을 것이다. 어쨌든 지금 그녀는 애너벨의 옷을 입고 있었다. 작은 붉은 장미들이 수놓인 로라 애슐리 블라우스. 오, 애너벨. 그녀는 첫 잔에서 취해버렸다. 루이스가 긴 잔에 얼음조각을 넣는 소리가 들렸고, 잔을 보니 그의 기분이 어떤지 알 수 있었다. 토닉워터가 들어갈 여유가 거의 없었다. 그건 그에게 계획이 있다는 뜻이었다. 그녀는 어떻게 말문을 열지 생각해봤다.

"그렇게 바쁘지 않은 날인가요?" 그는 어깨를 으쓱했고, 그녀의 한 마디에 적어도 그의 열 마디 대답이 뒤따랐다. 그녀는 그가 전속력으로 달리고 있다고 생각했다. 정말이지 빌어먹을 계절temporada de mierda이었고, 그는 이곳으로 오지 말았어야 했다. 세비야는 여전히 무더웠으나 이곳은 벌써 겨울이었으니까. 주인이 어제 정산을 해보더니 올해 지금까지 매출액이 6천 유로 줄었다고 했다. 그는 그 저주스러운 광고를 보지 않았어야 했다. 지금 그는 오비에도의 다른 일자리에 지원해둔 상태였다. 첫번째 부인이 돈을 강탈해가지 않았다면 그는 지금도 자신의 바를 운영했을 것이다. 오비에도, 그곳에서 그들은 사과주를 마셨다, 역겨운 맛이었다. 그곳에서 그들은 낯선 스페인 사람이었다. 아스투리아스산, 그곳에는 아직도 곰들이 어슬렁거렸다. 그렇다면 시베리아로 가는 게 더 나을 지경이었다. 그런 지역에서 세비야 사람은 해볼 만한 일이 아무것도 없었다.

그는 선택의 여지가 없었다. 운명은 그에게 인생의 쓴맛을 보여줬다.

그녀는 술을 한 모금 마셨다. 하루 중 가장 즐거운 순간이었고, 그 순간에는 세상이 변해 있었다. 온몸에 행복감이 흘러내리는 느낌이었다. 또한 그의 한탄에도 잘 어울렸다. 그녀가 담배를 집기 전에 그는 벌써 라이터를 들고 대기했다. 바람이 너무 많이 불었다. "빌어먹을 섬이에요." 불을 댕기면서 그가 투덜거렸다. 펑. "올해는 문을 일찍 닫아야 할 것 같아요." 그녀는 그 말 속에서 두번째 모금도 환상적일 거라는 다른 의미를 감지했다. "그럼 당신은 늙은 영국 여자만 바라보고 있겠죠. 여기서 할일이 아무것도 없을 테니까요." 그녀는 잠시 생각해봤다. 담배를 한 모금 빨아 공중에 연기를 내뿜어 보내면서 그가 기다렸을 대답을 중얼거렸다. "아니죠, 그건 아니죠." 그러나 그는 이미 확고하게 그의 길을 가고 있었다. 아이들. 아이들은 마요르카에서 살았고, 그는 거기서 환영받지 못했다. 그녀는 술을 한 모금 마시고 그가 아이들에 대해 무슨 말을 할지, 무슨 표정을 지을지 기다렸다. 그가 한계를 넘는 것을 의미하는 아이들의 표정을 흉내낼 것이기 때문이다. 아이들도 한계가 있었고, 그가 아이들의 한계를 넘었을지도 모른다. 그는 어머니를 여든네 살까지 집에서 모셨었다. 옛날에는 그런 일이 가능했고 한계라는 것을 몰랐다. 적어도 첫번째 아내와 살 때는 그랬는데, 어머니가 돌아가시자마자 그녀가 사라져버렸다. 아내는 살림할 생각이 전혀 없었다. 그는 깨끗한 재떨이를 가져온다는 핑계로 안으로 들어갔다. 하지만 바 뒤로 위스키를 마시러 간다는 걸 그녀는 알았다. 그녀는 담배가 몇 개비 남았는지 세어봤다. 흠, 그녀는 그가 피우는 담배 브랜드를 좋아하지 않았다. 하얀 필터를 감싼 마분지가 누렇게 타면서 입술을 건조하게 했다. 당신 같은 광대에게 딱 맞는 담배, 라고 그녀는 생각했다. 그리고 말했다. "너희들, 좀더 버텨줘야겠어. 너희가 없으면 너무 허전할 것 같아." 그녀는 다시 한번 담뱃갑 안을 들여다보았다. 겨우 세 개비. 그녀는 내일 아침에나 시내로 나갈 것이다. 바로 그때 푸른색 오픈카가 엄청난 속도로 도로를 질주해오더니 끽 하는 타이어 소리와 함께 바닷가 끝자락에 멈춰 섰다. 자동차는 계속 질주하려던 것 같았고, 루이스는 그 차에 무슨 일이 있나보다 생각했다. 차가 돌아와 테라스 앞에 멈춰 섰다. 독일 번호판이었다. 차 안에서는 귀가 먹먹할 정도로 쿵쿵거리는 저음과 함께 어느 공장에서 고문당하는 듯한 여자의 새된 울부짖음이 뒤섞인 시끄러운 음악이 흘러나왔다. 무얼 먹으러 온 걸까? 그건 모든 일이 지연되리라는 의미였다. 그녀는 진에 다시 토닉워터를 조금 탔다. 그리고 깨어 있으려고 애써야 했다. 아무래도 위성방송으로 영화를 보아야 할 듯했다.

아니면 한 잔 더 해야 하는 걸까? 독일인들이 차를 댔다. 갑자기 바다 소리가 다시 들려왔다. 이상하게도 독일인들은 스페인어를 할 줄 몰랐고 영어로 말하려 했다. 그들의 영어는 전쟁영화에서 "야볼*, 서Jawohl, Sir"라고 말하는 것처럼 들렸다.

루이스는 그들에게 맥주 두 잔을 가져다주고 잠시 굽실거리며 서 있었다. 그녀를 위한 행동이었다. 그녀 없이도 일할 수 있다는 메시지였다. 마침내 그는 그녀에게 주의를 돌리고 자신이 오

* 독일어로 '네'를 강조하여 말하는 표현.

비에도에 소유한 땅에 대해 생각하기 시작했다. 그녀가 오비에도를 알까? 아니, 모를뿐더러 알고 싶어하지도 않을 것이다. "당신이 오비에도에 가면 한번 찾아갈게요." 그녀는 말했다. 그리고 천천히 일어났다. 바람이 더 강해져서 몸이 약간 비틀거렸다. 그녀는 테이블 위에 돈을 내려놓고 바람에 날아가지 않도록 그 위에 접시를 올려놓았다. 루이스는 그녀에게 등을 보인 채 독일인들 옆에 서 있었다.

"끝까지 버티는 거야, 수지." 그녀는 중얼거렸다. 아무도 그녀가 술 때문에 휘청거린다고 생각하지 않았다. 거리에는 아무도 없었다. 그녀는 몸을 지탱하기 위해 담벼락을 세게 붙잡았다. 그가 고의적으로 그녀를 무시하는 것 같아 이상했지만 어쨌든 그녀는 그에게 작은 무언가를 남겨주고 싶었다. 재치 있게 무언가를 남기는 일은 그녀의 가장 큰 특기였다. 테이블 위의 은스푼, 전화기 옆의 독수리가 그려진 스카치위스키 병 같은 것. 현금은 너무 평범했다. 약간의 우아함과 동시에 재치가 필요했다. 지난번에는 뻔뻔했다. 그때 그는 애너벨의 은제 라이터를 가져갔다. 그녀는 그걸 줄 생각이 없었지만 아무 말 하지 않았다. 텔레비전을 켜놓고 나갔었는지 복도에서 소리가 들렸다. 그녀는 방에 들어가 잠시 서 있었다. 불이 너무 밝아 커다란 램프를 끄려 했다. 지금 옷을 벗고 잘까, 아니면 좀 나중에?

어쨌든 자정 전까지 아무 일도 일어나지 않을 것이다. 그녀는 밤늦게까지 텔레비전 앞에서 세 사람이 동시에 총에 맞아 죽는 장면까지 보았다. 그리고 잠을 자러 갔다.

그녀는 침대에 눕자마자 그곳에 아무것도 남겨두지 않고 왔음을 깨달았다. 그러나 이미 집을 돌아 정원길로 들어서는 그의 발소리가 들렸다. 그녀가 늘 바깥 불을 꺼두기에 누구라도 그를 볼 일은 없었다. 복도, 방, 어둠 속 고양이. 검은색 스페인제 구두 대신 영국제 구두가 더 잘 어울렸을 남자, 여자 꽁무니를 쫓아다니는 예순세 살의 늙은 스페인 남자.

그녀가 지금까지 기다릴 필요가 있었던 것들은 대문소리, 위스키 향 섞인 그의 숨결, 돌발적으로 튀어나오는 그의 낯설고 거친 투덜거림, 무엇보다 분노와 오랜 실망과 관련 있을 그의 투덜거림이었다.

그녀가 깨어났을 때는 이미 낮이었다. 그녀는 BBC 월드뉴스를 들었다. 바그다드, 다르푸르, 가자, 카불. 듣는 건 건성이었지만 세계 속 하루의 시작을 힘 안 들이고 편안하게 감싸주는 듯한 아나운서의 부드러운 목소리가 좋았다. 그녀는 일흔아홉 살이 됐다. 그녀의 기억으로는 뉴스만 들었던 것 같다. 늘 뉴스를 듣고 그다음이 일기예보였다. 그녀는 천천히 일어나 창밖을 내다보았다.

라디오에서 세상의 소리가 들렸고, 그녀 앞에는 세상의 모습이 보였다. 낙엽이 흩어진 텅 빈 거리. 말 잘 듣는 개처럼 바람이 잦아들고 있었다. 모든 것이 원래 그대로였다.

테이블 위에 그녀의 흰색 핸드백이 열려 있었다. 지갑은 비어 있었다. 지갑 안에 돈이 얼마 들어 있었는지 생각해봤으나 기억나지 않았다.

그녀는 과음을 한 모양이라고 생각했다. 차를 끓이러 주방으로 들어가다 커다란 책상 위에 걸린 은색 액자 속 애너벨의 초상화를 보고 고개를 끄덕였다. 그림 옆에 놓인 재떨이에 하얀 필터가 달린 꽁초가 있었다. 애너벨은 죽음의 나라에서 미소를 지어 보냈다. 용납하지 않는 듯하면서 반쯤은 관대한. 그러나 생전 애너벨에게 그런 미소는 없었다.

마지막 오후

갑자기 그가 죽었다.

그녀는 늘 그 순간을 기억했다, 그 순간이 선명하게 떠오르기 때문이었다. 9월, 점점 기울어가는 태양, 정원 담장에 드리운 사이프러스 그림자, 첫 꽃이 지는 히비스커스를 향해 느리게 뒤뚱거리며 기어가는 거북이. 이것은 거북이와 그녀의 약속이었다. 항상 오후의 마지막 시간, 저녁으로 들어서는 현관에서였다. 이탈리아 사르데냐섬은 적도와 더 가깝기 때문에 네덜란드보다 일찍 어두워졌다. 그가 이 사실을 그녀에게 설명해줬었고, 빛의 움직임이 그에게는 중요했었다. 빛은 살아 있었다. 그가 빛을 이야기할 때면 마치 개인적으로 그의 감정을 상하게 한 누군가에 대해 말하는 것 같았다. 그는 며칠씩 불쾌한 날들을 보냈고, 물론 그 불쾌감은 그녀가 보지 못했던 빛과 관련이 있었다. 그녀는 늘 그가 보이지 않는 것들을 껴안고 산다는 느낌을 받았다. 그건 그녀의 손이 닿을 수 없는, 무어라 명명할 수 없는 것들이었다. 그들은 삼 년 동안 함께 지냈고, 그들의 세계는 서로 일치하는 부분이 전혀 없었다. 그들을 연결해준 유일한 것은 네덜란드에 살고 싶지 않다는 생각과 여기 이 오래된 농가에서 일할 수 있다는 사실이었다. 어느 날 그는 우연의 형태로 그녀의 삶에 나타났다. 그는 말을 탄 채 낮은 담장 너머로 정원 안을 쳐다보며 그녀에게 손을 흔들었다.

그녀는 그가 말하는 것들을 통해 직업(돈)을 연상할 수 없었기에 그를 매력적으로 여겼다. 그는 큰 키와 단단한 체격 속에 무언가 깊숙이 숨기고 있는 시인 같았다. 지금 생각하니 그는 애마를 부드럽게 다루었던 것처럼 늘 잠자리에서도 약간은 서툴렀지만 훌륭했다.

그녀는 거북이를 쳐다보았다. 여러 마리 중 유일하게 그 거북이는 곧바로 알아볼 수 있었다. 그 사이에서 녀석은 무언가 다른 점이 있었다. 그가 언젠가 그 거북이의 남다른 점을 그녀에게 설명하려고 녀석을 손으로 덥석 들어 테이블 위에 올려놓았다. 녀석이 늙은 머리를 밑으로 끌어넣자 등딱지만 남았다. 그가 양손으로 등딱지를 만지기 시작했다. “여기 좀 봐요, 여기.” 그녀는 그가 가리키는 푸른 등딱지 위의 검은 반점들을 보면서 그가 보았던 무늬를 보려고 노력했다. 그러나 다음날 아침 정원에 다시 거북이가 나타났을 때는 어느 게 그 거북이인지 알 수 없었다. 이번에는 그 특정한 녀석을 알아볼 수 있었다. 녀석을 마음에 두고 있었기 때문이다. 그녀는 어느 날 히비스커스 옆에 가만히 앉아 있던 녀석을 사진으로 찍어서 전면이 등딱지로 꽉 차도록 확대해 작업실에 걸어놓았다. 고맙게도 친구들이 그걸 추상화라고 칭찬하면서 좀더 해보라고 했다. 그녀는 그가 한 번도 말한 적 없지만 무언가 생각했었다는 걸 알았다.

거북이는 지금 히비스커스 바로 옆에 있었다. 녀석은 불타는 듯한 붉은 꽃을 좋아하는 것 같았다. 녀석은 분명히 조금 떨어져 있던 노란 꽃은 다른 녀석들에게 양보한 게 틀림없다. 처음에는 거북이들이 꽃을 좋아한다는 사실이 놀라웠다. 화석화되다시피 한 거북이의 고색古色과 얇은 막 같은 여린 꽃잎 사이에 측정 불가능한 거리가 있는 것 같았다. 히비스커스는 그녀가 좋아하는 꽃이었다. 여름에 물을 줄 필요가 없는 화려한 플룸바고나 부겐빌레아와 달리 히비스커스는 여름에 신경써서 돌봐야 했다. 그리고 매일 그녀에게 손짓하듯 표정을 지어주는 유일한 꽃이었다.

최근 여름 날씨가 점점 가물어 가끔은 물을 주지 못했지만 그녀의 정원은 별문제가 없었다. 알로에, 선인장, 사방으로 뻗은 실난초, 야자수, 소나무, 그리고 사이프러스 한 그루. 이것들 전부 자생에 필요한 얼마 안 되는 수분을 땅속 깊숙이서 빨아올렸다. 히비스커스만 매일 핏빛 나비 같은 꽃을 피웠는데, 그녀가 기상하는 시간이면 내재된 놀라운 힘으로 날개를 활짝 폈다가 하루가 끝날 무렵이면 시들어 마른 갈색 땅에 떨어지곤 했다, 지금처럼.

거북이는 모든 것이 이상했다. 떨어진 꽃잎을 향해 발달되지 않은 앞다리를 써서 옆으로 기어가는 모습이 게가 걷는 것과 닮았다. 꽃잎들은 떨어지기 전에 이미 수의壽衣로 몸을 감싼 듯 저절로 동글게 말려 있었다. 꽃은 자신에게 무슨 일이 일어날지 알고 있기 때문이다. 그 모습을 바라보던 그녀는 가벼운 전율을 느꼈다. 이런 일상의 의식에 익숙해져야 했지만 거북이가 꽃을 향해 갑옷 머리를 내미는 모습은 그녀에게 알 수 없는 고통을 주었다. 이제 그 꽃은 선혈처럼 빨갛지 않았다. 오히려 말라버린 피 색깔을 띤 오그라든 나비 같았다. 그녀는 각질로 된 갑옷 안에서 불가해한 구슬 같은 작은 눈을, 그리고 입술 없는 기이한 주둥이가 벌어진 채 그 틈으로 꽃잎을 씹기 시작하는 모습을 보았다. 그리고 십오 분 전처럼 사이프러스 그림자가 또다시 담장에 드리워졌을 때 확실히 깨달았다. 여기서 수년간 함께 살았고 몇 해 전에 죽은 남자, 그 남자가 이제는 정말로 죽었다고. 그가 오랜 시간을 끌어왔다고 그녀는 생각했고, 그가 무슨 말을 할지도 알았다. 그는 시간을 되돌려놓고 싶었을 것이다. 그녀는 그의 목소리를 들었고 그의 빛을 보았다. 매번 진토닉 첫잔에 더 따라주는 술을 받으며 조금 경멸적으로 비꼬는 듯한 그 말을 들었다. "당신, 나와 오랜 시간을 함께했소. 나와 헤어지지 않겠소?"

같은 시각, 같은 약속. 여자와 거북이, 거북이와 히비스커스, 남자와 진토닉. "저녁을 대비하기 위한 무장."

저녁을 두려워했던 남자, 그녀는 그게 수수께끼였다. 오히려 그는 깊은 밤을 두려워했기 때문이다. 그러나 그와 헤어질 수 없는 게 사실이었다. 그녀는 진토닉을 한 모금 더 마셨다.

"그리고 당신이 내 나쁜 습관을 고쳐놓았잖소."

그녀는 뭐라 대답해야 했을까? 그는 살아 있을 때도 이미 멀리 떠나 있었다. 그가 죽었을 때 그녀에게 그건 진짜 죽음을 뜻하지 않았다. 지금에야 그는 죽었다. 그녀에게 그의 진짜 죽음은 사이프러스 그림자가 담장 높이 드리웠던 비밀스러운 순간에 일어났다. 어찌 그토록 확신할 수 있을까? 그녀는 세 가지 순간을 생각했다. 이별의 순간, 그의 죽음의 순간, 그리고 그를 잊기 위해 오래 끌어온 지금의 순간. 이제 그는 하나의 그림자가 되었고, 그 그림자는 진짜 죽음이었다.

하나의 그림자, 그녀는 그 표현이 마음에 들었다. 지금 그 그림자는 담장을 넘어 사라진 뒤 무화과나무를 따라 다시 다음 담장으로 넘어갔다. 그리고 들판을 지나갔다. 그 순간 들판에 있던 이웃집 당나귀가 그에게 인사하듯 울기 시작했다.

그 소리, 당나귀의 어찌할 수 없는 울음소리였다. 형용할 수 없는 슬픔에 잠긴 듯 깊게 내뱉는 숨소리, 고통을 끝내고 싶어하는 동물이 절정에 이르러 으르렁거리는 소리 같았다.

모든 것이 얼마나 단순했던가! 그녀는 그곳에 꼼짝 않고 앉아 있었다. 거북이가 고개를 그녀 쪽으로 향하고 있었지만 그녀는 녀석이 자신을 쳐다보는지 알지 못했다. 거북이는 아직도 턱으로 꽃잎을 씹고 있었고 그 마지막 빨간 꽃잎이 외설스레 주둥이에 걸쳐 있었다. 그 순간 거북이가 급히 몸을 돌리려 했다. 뭉뚝한 네 다리가 제각기 교대로 움직이더니 녀석은 천천히 그녀의 시야에서 사라져갔다. 마른 돌담 아래 어디선가 살고 있을 텐데 거북이는 그녀를 초대해본 적이 없다. 그녀를 초대해본 적 없는 또 한 사람. 그녀는 웃으면서 정원의 정적 속에서 자신의 웃음소리를 들었다. 응답이 없다. 야자수 나뭇잎이 살랑거리는 소리, 그게 다였다. 그녀는 거북이들이 새끼 때 땅속에서 산다는 걸 생각했다. 땅속은 죽은 자들의 영역이다. 아마 녀석이 그녀에게 왔던 것 같다. 그녀가 직접 녀석을 발견했으니까. 그러나 확실하진 않다. 언젠가 삽질을 하는데 갑자기 땅속에서 작은 거북이 두세 마리가 나타났다. 그녀가 어리둥절해하자 그가 거북이들은 생의 첫 시기를 땅속에서 보낸다고 설명해주고는 녀석들을 주워올려 담 너머로 던져버렸다. 원인과 결과. 어떤 것의 시작을 정확히 찾아내는 게 가능할까? 이별이 시작되는 순간이 있다고 말할 수 있을까? 그렇다면 그 이별이 시작된 순간은, 거북이들을 담장 너머로 내던져버린 사람, 빛에 겁을 먹었던 사람, 저녁을 두려워했던 사람, 그런 사람과 대체 무얼 하고 있는 건지 의문을 품었던 그때였을까? 그녀는 아이들을 위한 책도 쓰고 삽화도 직접 그렸다. 그날은 세 마리의 작은 거북이에 관한 이야기를 쓰기 시작했고, 거북이들에게 가톨릭식 이름을 지어줬다. 그러나 그에게는 보여주지 않았다.

그가 이런 그녀의 복수를 이해하지 못했기에 그녀는 과감한 수단을 생각해야 했고, 복수는 예상보다 훨씬 성공적이었다. 당신의 아내는 매일은 아니지만 우편배달부 베포의 품에 안겼다. 날마다 멋진 경주용 자전거를 타고 우편물을 가져와 당신과 함께 와인 한 잔을 마시는 미남 우편배달부. 당신과 베를루스코니 수상의 범죄에 대해 얘기하고, 교황의 장례식을 시청하는 사람,

당신에게 마을의 소문을 전해주는 사람, 당신과 바 이탈리아에서 시간을 보내는 사람. 그 사람과 함께 복수를 했다! 무화과나무 아래 억센 엉겅퀴가 자라난 들판, 말을 타고서는 거의 지나갈 수 없는 길을 가며 담장 너머로 쳐다보던 남자, 햇볕에 갈색으로 그을린 등과 검정 머리칼 아래로 금발이 펼쳐진 남자, 훤하게 생긴 넓적한 얼굴에 최소한의 놀람이나 부끄럼의 기색도 없이 쳐다보는 지극히 네덜란드적인 푸른 눈의 남자. 그리고 거북이 세 마리의 죽음과 삼 년간의 아이러니로 처벌받은 남자.

날이 어두워졌지만 그녀는 여전히 꼼짝 않고 앉아 있었다. 이제는 누구도 그녀가 웃는 모습을 볼 수 없었다. 그날 그녀는 몇 시간 뒤에 집에 도착했었다. 그는 서재에서 컴퓨터를 켜고 평소처럼 세계 주식 거래소에 접속했다. 그녀는 잠시 그의 뒤에 서서 컴퓨터 화면 위에서 이리저리 움직이는 추상적인 숫자들을 주시했다. 그것은 이별이었다. 다음날 그는 평소처럼 정원 담장에서 우편물을 건네받고 배달부 베포와 와인을 한 잔 마셨다. 그러고서 한마디 말 없이 떠났다. 그리고 얼마 되지 않아 서로 약속이라도 한 것처럼 그는 죽었다. 그리고 지금, 오늘 오후, 그가 결코 존재한 적 없었던 것처럼 정원 담장 너머로 사라졌다.

그녀는 일어서서 집안으로 들어갔다. 서재에서 거북이 사진을 손으로 쓰다듬었다. 그리고 주방으로 가는 도중 자신의 발소리를 듣고 잠시 멈춰 섰다. 그녀는 모든 것이 얼마나 조용한지 귀를 기울였다.

파울라

1

나는 유령을 믿지 않지만 사진은 믿는다. 여자는 당신이 그녀를 생각하기를 바란다. 그리고 그녀의 사진을 보게 하려 한다. 죽은 자들이 오랫동안 방치되어 있다면 그들은 당신에게도 그렇게 할 수 있다. 아무래도 달리 말해야겠다. 죽은 자들이 방치당하고 있다 느낀다면 그들도 당신에게 그렇게 할 수 있다. 내 경우에는 맞지 않는 말이다, 아직도 자주 파울라를 생각하니까. 남들은 어떤지 모르겠지만, 아주 가끔 우연히 보는 경우 말고 나는 사진들을 거의 보지 않는다. 힐러스는 죽었다. 알렉산더르는 마침내 졸업하고 흐로닝언의 산업재해보험공단에서 검진의로 일한다. 올리는 미국에 산다. 닥터는 병을 앓고 있는 것 같다. 이런 것들은 파울라와 별개의 일이다. 내게 그녀는 분명 편히 죽지 못한 사람이기 때문이다. 그리고 그건 내 탓일 것이다. 아마 내가 부족하고 더 나아지지 않아서, 여전히.

좋다, 파울라, 지금 여기서 나는 당신을 생각한다. 나는 기억을 잘한다. 그때도 그랬다.

그녀에 대한 생각을 멈춰본 적이 없다. 이미 오랫동안 나는 다시 혼자 살고 있다. 불필요한 것들은 오래전에 전부 내다버렸지만 끝이 없는 것 같다. 여전히 많은 것을 지니고 있다. 가구가 별로 없는 집, 현대식 아파트, 편안한 이웃들, 조용함, 간척지가 내다보이는 전망, 꼭대기 층. 사람들의 방문은 드물다. 찾아오는 이들은 주위의 위험을 탐지하는 고양이처럼 조심스레 집안을 둘러보곤 한다. 침대, 테이블, 의자, 모든 것이 현대적이다. "미니멀리스트군." 남작이 딱 한 번 방문했을 때 특유의 창백한 얼굴에 웃음을 띤 채 한 말이었다. 그는 내가 오래전에 빌린 노름빚 때문에 찾아왔다. 빚을 갚지 못하면 무언가를 경매에 부칠 듯이 집행관처럼 가재들을 둘러보았다. 그때도 지금도 나는 갚을 생각이 없었다. 그가 언젠가 찾아오리라는 걸 알았고 오랫동안 그날을 기다렸다. 그는 전혀 변한 것이 없었다. 요즘 당신의 기억이 어떤지 모르지만 나는 당신이 남작을 확실히 기억하고 있다고 믿는다. 당신들의 춤은 늘 환상적이었다, 특히 롤링스톤스의 노래에 맞춰 춤 출 때. 그 멤버들은 지금 다 노인이다. 그때 그는 태엽 감긴 로봇처럼 기계적인 무아경 속으로 빠져들었고, 당신은 그 주위에서 잔물결치듯 이리저리 흔들렸다. 그는 매번 결정적인 순간에 당신을 붙들어 함께 박동하는 기계가 되었고 모든 이의 눈길을 끌었다. 그리고 지금 나는 다시 당신을 보고 있다. 흰 벽에 기대선 당신이 있는 사진. "한번 보자, 거기 파울라가 있네." 남작이 집안으로 들어왔을 때 한 말이었다. "오랫동안 보지 못했어."

"여기는 불교 사원 같아." 그는 또 한마디했다. 그러나 나는 그런 곳에 가본 적이 없다. 그저 모든 것을 버리고 텅 빈 여백의 공간을 갖고 싶었다. 그리고 내 뜻대로 잘되어가기 시작했다. 찾아오는 사람도 없고, 책을 읽을 의자 하나면 족했다. 독서할 의자 하나, 식사할 의자 하나. 보는 바와 같이 벽면은 전부 흰색이다. 당신이 무엇을 보는지, 무엇을 보지 못하는지 나는 모른다. 나는 젊었을 때 찍었던 옛날 사진이 싫지만 당신은 그렇지 않을 수 있다. 당신은 더 나이들 수 없으니 결코 다르게 보이지도 않는다. 몇 년이나 됐을까, 사십 년 전? 사십오 년 전? 그 사진은 패션잡지 〈보그〉의 표지였고 우리는 모두 자랑스러워했다, 여자들까지도. 사진의 그 어떤 것도 나이들지 않았다. 당신도, 사진 자체도. 지난해 갑자기 옛날 신문 더미에서 당신을 발견했다. 프로보,* 독일 출신 디제이 클라스, 그 밖의 잡다한 기사들도 나왔다. 거미줄투성이. 당신은 그 모든 것들이 실제로 일어났다고 상상하고 싶지 않을 것이다. 나는 몇 개월 동안 군사훈련이라도 펼치듯 매우 바빴다. 여행가방, 찬장, 지도, 서류철, 그리고 일기장들이 들어 있는 스티머트렁크**가 마지막이었다. 그 속에서 당신을 발견했다. 사진을 제외하고 나머지는 곧 불속으로 들어갈 것들이었다. 당신은 창문 뒤에 서 있다. 창틀에 왼쪽 팔꿈치를 기댄 채 팔을 들고 있어서 불붙인 담배를 쥔 손이 머리 위로 약간 올라가 있다. 요즘에 그런 사진은 〈보그〉에 실리지 못할 것이다. 담배를 피우고 있거나 짧은 손톱을 한 사진 말이다. 대담하고 섹시한 사진이었고 지금도 그렇게 보인다. 가슴이 없는 남자 같은 몸. 몸통을 흰색 밴드로 단단히 감싸는 게 당시 유행이었다. 방금 유방절제술을 받은 것처럼 말이다. "가슴이 없다니 놀랍군." 남작이 한 말이었다. 작가는 한 술 더 떠 나도 모르는 어느 시인의 시구를 인용해 남자 같은 그녀의 가슴이라 표현했다. 배꼽 밑의 검은 바지, 주머니에 넣은 오른손, 창문에 눈물처럼 맺힌 물방울들이 그림자를 드리운 피부. 어두운 배경 때문에 당신이 밝

* Provo. 1960년대 중반 네덜란드에서 일어난 반체제운동.

** 선박 등의 침대 밑에 들어가도록 납작하게 만든 수납함.

게 드러나 보인다. 입은 약간 벌어졌고, 눈은 밖의 무언가를 향해 있다. 나는 그 사진을 오래 볼 수 없다. 당신은 그곳 죽음의 나라에 서 있고, 반쯤 열린 입으로 무언가를 말하려 한다. 나는 당신의 목소리를 듣는다. 우리 모두 임종할 때 들을 수 있는 소리, 거칠게 헐떡거리며 숨을 깊이 들이마시는 소리, 담배 연기를 내뿜는 소리. 이것들은 발화하기 전 일종의 전주인 기식음氣息音이다. 후우, 후우, 그리고 누구도 감당할 수 없는 무자비한 감정이 일기 시작할 것이다.

당신은 포커에서 생명을 걸었고 그 목소리로 희망 없는 패를 풀하우스로 만들었다.

2

나는 지금 당신 바로 앞으로 가 앉는다. 의자가 단 하나뿐인 집에서 이건 다른 집과는 다르다는 걸 의미한다. 지금 당신의 사진을 창턱에 놓았다. 당신은 나와 함께 움직이고 있다. 사진이 미끄러져 떨어지지 않도록 아래에 부드러운 조약돌을 놓았다. 밖에는 비가 내리고 있다. 당신의 창유리에 떨어지는 빗방울과 잘 어울리는 날씨다. 그러니 당신의 앞과 뒤에 비가 내리는 거다. 이렇게 하면 당신이 나를 볼 수 있을 것 같다는 생각이 들지만 현실은 그렇지 않다. 그런 생각을 하지 않는 편이 나을 것이다. 당신은 나를 더이상 알아보지 못할지도 모르고, 그래서 나 역시 큰 소리로 말하지 못한다. 이렇게 우리가 정면으로 마주한 상황에서 큰 소리를 내는 것도 실은 이상하지만. 여기서 나는 다른 사람의 말을 전혀 듣지 못하고, 그 누구도 나의 말을 듣지 못한다. 그렇다고 생각한다.

우리는 중독에 빠진 세월을 보냈다. 매년 그때를 되돌아볼 때마다 그렇게 말했다. 우리가 중독에 빠졌다는 걸 알았으니까. 도박이 없는 밤은 무의미했다. 뱅커*에 베팅하고 카드를 빼던 그 감촉과 소리를 아직도 느낄 수 있다. 당신이 처음 들어왔을 때도 나는 뱅커에 베팅했었다. 슈**의 양쪽에 올라온 나무로 된 부분에 왼손을 올리고 오른손으로는 자세를 취한 채 손끝으로 첫번째 카드를 짚고 있었다. 공식적으로 이 게임은 바카라 혹은 슈맹드 페르라 불린다. 그러나 우리는 자체적인 규칙을 더해 변형된 게임을 했고 그걸 슈라 불렀다. 그거면 충분했다. 할 수 있는 날이면 매일 도박을 했고 그날 저녁도 마찬가지였다. 방안은 평소처럼 어두컴컴했고, 둥근 조명 안에 테이블이 있어 거기에 둘러앉은 도박꾼들의 얼굴만 볼 수 있었다. 초인종이 울리자 게임에 참여하지 않고 망을 보는 사람이 문을 열어줬다. 낯선 사람이 왔을 때만 흐르는 침묵. 당신은 일행 없이 혼자 왔다. 드문 일이었

---

* 바카라에서 베팅은 플레이어, 뱅커, 타이, 페어 중 하나에 할 수 있다.

** 카드를 담아 한 장씩 배분할 수 있도록 하는 기기.

지만 우리는 아무것도 묻지 않았다. 그건 우리 스타일이 아니었으니까. 나는 슈 위에 손을 올려놓고 있었다. 우리는 게임이 중단되는 게 싫었지만 당신과 잠시 악수를 해야 했다. 그때 처음으로 목소리를 들었다. 당신은 싱코가 주소를 알려줬다고 했다. 싱코, 아직도 그를 기억하나? 영원한 고독자? 체크무늬 트위드 모자를 쓴 바 호퍼의 단골? 그는 한때 시교통안전국 위원이었다. 우리 모두 그에게 투표했기 때문이다. 흐흐. 싱코, 그후 발길을 끊은 사람. 지금은 죽은 사람. 앞으로 이 말을 후렴구처럼 자주 반복할 것 같다. 어쩔 수 없다, 이게 요즘 내 삶의 일부니까. 나는 슈에서 손을 떼고 베팅 액수를 말했다. 100길더. 당신에게 강한 인상을 주려고 그랬던 것 같다. 당시 그건 상당한 액수였으니까. 안드레는 내 왼쪽에 앉아 있었다. 보통 때 그는 신중했지만 이번에는 '고'를 외쳤다. 나는 카드를 뽑아 살펴보았다. 2와 9 그리고 1과 6이었다. 놓칠 수 없는 환상의 패였다. 나는 플레이어들 너머로 당신의 얼굴을 쳐다보았다. 간절히 바라는 그 모습을. 거기에는 나 혼자만 있는 게 아니었다. 남작, 힐러스, 니헐, 심지어 티코와 신동도 지켜보고 있었다. 여자들은 손톱을 뾰족하게 다듬고 옷깃을 세운 모습으로 옆에서 남자들을 지켜보고 있었다. 당신이 그들을 손아귀에 넣는 데 시간이 좀 걸렸다. 아니, 잘못 말했다. 오히려 우리가 그랬던 것처럼 그들이 당신을 좋아하는 데 시간이 걸렸다. 하하, 하하, 당신의 웃음소리가 여자들에게는 다르게 들렸다. 더 허스키하고, 더 깊고, 더 달콤하게. 나는 초콜릿색 칩을 딸 때까지 열 번 정도 뱅커에 베팅했고, 판돈이 이백, 사백, 팔백일 때 매번 뱅커가 이겼다. 당신은 그걸 매우 빨리 알아챘다. 뱅커 고, 뱅커 타이. "한번 혼나봐야 해." 작가가 늘 하던 그 말이 이번에도 나오리라 우리는 예상했다. 당신은 인생에서 길을 잃었지만 결국 다시 베팅액이 팔백이 됐을 때 뱅커를 외쳤다.

잠시 조용해졌다. 나는 천천히 카드를 끌어왔다. 당신은 영화에서나 보던 것처럼 카드들을 한 장으로 만들어 꼭 쥔 다음 가슴께로 바싹 가져갔다. 그러고선 천천히 눈앞으로 카드를 들어올린 뒤 어떤 패가 들어왔는지 살짝 옆으로 밀어 보았다. "와우." 좋은 패라는 뜻이었다. 내가 처음 당신에게 패했고, 그후 당신은 우리 중 한 명이 되었다.

아니, 그 정도 표현으로는 충분하지 않다. 늘 당신은 이미 우리의 일부 같았다. 파울라, 오, 우리는 그녀와 몇 년을 알고 지냈다.

몇 년? 그 기간이 정확히 얼마나 되는지 나는 모른다. 그러나 당신이 죽은 뒤 우리 역시 주름살이 많이 늘었다는 건 안다. 베트남전쟁, 암스테르담 소요, 크라커스*, 냉전, 수소폭탄, 로마클럽**의 종말론적 예언, 1차 오일쇼크, 프라하의 봄, 우리는 이런 국제적인 사건들을 멀리서 지켜보았다.

대부분의 사람들에게 진정한 전쟁이란 그리 오래되지 않았고, 더 큰 재앙이 될 새로운 갈등들이 있었다는 것도 분명했다. 그러나 니헐이 말한 대로 미래의 재앙은 지금 겪고 있는 것과 전혀 다른 참사가 될 것이다. 우리가 니헐의 말을 안심하고 믿었던 건 그가 더 많이 알아서라기보다 매번 우리를 이겨왔기 때문이다. 게다가 우리는 머릿속에 다른 것들을 생각하고 있었다. 니헐은 수학을 전공했고, 수학은 질서와 규칙이 지배한다. 그리고 세계에는 질서가 없다. 우리의 생각은 모호했지만 도박 게임에는 잘 정리된 질서가 있었다.

도도와 힐러스의 집은 암스테르담 남쪽 운하 부두 뒤에 있었다. 시내에 있는 원래 운하의 모습을 모방한 것으로 볼품없었지만 당시 시내와 시외를 구분하는 경계선 역할을 했다. 그래서 작가가 말했듯 도도 성城으로 들어가기 위해 외호를 건너는 느낌이

* 타인 소유의 빈 건물을 무단 사용하는 무리를 일컫는 말.

** 1968년 유럽 정계·재계·학계의 인사가 모여 로마에서 결성한 미래연구기관.

들었다. 우리가 그를 작가라 부른 건 그가 글을 써서가 아니라 본명이 스레이버Schrijver*였기 때문이다. 그가 글을 쓴 건 생계를 위한 부업이었다. 남작은 함께 주식 일을 하던 빈트롭을 데려왔다. 그들은 결코 주식 얘기를 하지 않았고, 심지어 주식 투기꾼인 안드레와 힐러스와도 얘기하지 않았다. 그들이 투기꾼이었는지 분명하진 않았다. 실제로 분명한 건 하나도 없었다. 위계질서가 없었다. 유대인인 신동은 외과의 수련을 했고, 니허스는 수상한 골동품을 취급했다. 메럴은 페이프 지구에서 제3세계 지역을 안내하는 작은 여행사를 운영했다. 니헐은 이름에 걸맞지 않게 삶의 대부분을 도스토옙스키의 지하실에서 보낸 사람처럼 생겼다. 그리고 들어가선 안 되는 도박장에서 포커를 하며 학비를 벌어 전공인 수학을 공부했다. 티코는 프랑스 술 샤르트뢰즈와 유명 샴페인을 판매하는 회사의 대표였다. 닥터는 의사가 되지 못했기 때문에 우리가 그냥 닥터라고 불러줬다. 당신은 그들을 기억하고 있나? 올리는 안드레와 함께였었고, 안드레가 죽었을 때 그녀는 텍사스에 있었다. 부재와 죽음, 그것이 내 동반자다.

내가 알기로 메럴과 티코는 아직 함께한다. 그들은 나처럼 그

* 네덜란드어로 '작가'.

림자 인생이라 부르는 삶을 살고 있다. 달리 말해 그들은 나처럼 그림자에서 빠져나온 적이 없었다. 우리 중 일부는 실제로 일을 해서 돈을 벌었고, 일부는 이미 돈을 갖고 있었다. 나 같은 사람은 여기저기서 되는대로 돈을 마련했다. 그러나 우리 사이에서 돈은 전혀 중요하지 않았다. 나는 당신이 어떻게 돈을 벌었는지 몰랐다. 가끔 모델 일을 했으나 정기적이지 않았고 이런저런 방법으로 돈을 벌었다는 건 알았다. 작가는 책을 썼지만 우리는 읽지 않았다. 남작은 어느 지역의 지방법원 판사였다. 유대인 신동은 진짜 외과의가 되었는데 자신은 그 사실을 부끄러워했다. 메럴은 수리남 사람들이 온 이후 사업이 잘됐지만 결코 아무한테도 돈 얘기는 하지 않았다. 니헐은 갚아야 할 채무 목록이 있었고 계속 빚을 갚으며 목록의 번호를 하나씩 지워나갔다. 우리 모두 영원히 빚을 지고 있었다. 니헐은 몇 주마다 한 번씩 돈을 갚아야 할 때라고 말했고 그때마다 실제로 빚을 청산했다.

3

죽음에 대해 정확히 어떻게 기억하고 있는가? 그렇다, 나는 대답을 얻지 못하고 있다. 그러다보니 정작 묻고 싶었던 것에 대한 대답도 얻지 못하고 있다. 나이가 들수록 점점 인생이란 게 상상의 산물 같아 보이기 시작하는 건 어찌된 일인가? 늙음과 죽음 둘 중 어느 것이 더 나쁘다고 말하기 어렵다. 그러나 당신은 나이들지 않았고 나는 아직 죽지 않았다.

내가 여기에 텅 빈 공간을 만든 건 내 상상력의 산물이 남의 것과 닮지 않기를 바라서다. 하지만 이것도 그저 남들이 자주 접할 수 없는 또하나의 상상력의 산물일 뿐이므로 물론 난센스 같은 일이다. 당신은 이미 그것들을 알고 있었다. 당신은 늘 무언가 부족함을 느끼는 것처럼 엄청난 독서를 했다. 나는 당신한테서 창작 아이디어를 얻었다. 당신이 그 아이디어를 처음 얘기해 준 사람이었다. 우리가 영화를 보러 갔을 때 나는 깊은 감동을 받았고, 그때 당신은 돌연 경멸에 가까운 투로 이렇게 말했다. “진짜가 아니에요. 모든 건 늘 무언가의 또다른 복제죠. 감독이 두 시간짜리 영화로 만들 수 있거나, 작가가 이틀 만에 읽어낼 책으로 만들 수 있는 삶은 거의 가치가 없어요. 누구나 자기만의 이야기가 있고, 그건 한없이 길어질 수 있다고요. 모든 건 모방이에요.” 그때 나는 충격을 받았던 것 같다. 적어도 그 말에 아무런 대꾸도 할 수 없었다. 당신은 압축된 시간에 대해 계속 얘기했고, 나는 그게 극히 물리적이라는 느낌을 받았다. 우리는 레잇스광장에서 폰덜공원 쪽으로 향했고, 자갈길을 걸을 때 그것은 문학적인 장면이 되었다. 그런데 실생활에서 발걸음의 시간은 한 번 걸을 때마다 걸리는 물리적 시간과 부합한다. 그런 발걸음들이 문학적이라는 말 때문에 영화의 한 장면이나 소설의 한 페이지로 압축되어야 하는 것 같아 불쾌해졌다. 니헐은 사적인 것에 대해 입을 열지 않았다. 그런데 한번은 한참 도박에 열중하다 갑자기 뚜렷한 이유 없이 “파울라, 당신은 너무 서둘러요”라고 말했다. 니헐, 당신을 사랑했던 또다른 사람. 니헐, 힐러스와 결혼한 도도와 불륜을 저지른 사람. 전부 소설감이다. 당신은 우리 모두를 시험했고, 모든 것을 영화화하려 했다. 아마 니헐은 당신이 매우 아꼈던 유일한 사람일 수 있지만, 정말 그랬는지 나는 모르겠다. 니헐은 늘 창백한 얼굴에 비밀스러워 보였고, 당신이 그런 얘기를 한 적은 없으니까. 어쨌든 니헐은 당신이 소유할 수 없었던 유일한 사람이었다. 그러나 당신은 나를 쉽게 소유했다. 나는 비밀스럽지 않았고 아직도 그렇다. 우리가 함께 잔 그날 저녁부터 나는 당신을 위해 최선을 다했고, 당신은 그걸 수백 번은 알았을 것이다. 섹스가 그리 특별한 것인지 모르겠다, 우리가 단 한 번 잤을 때 이런 내 분명한 생각에 당신도 똑같이 응해줬다. 섹스는 하나의 제스처에 불과하다C'est un geste rendu고. 그 이상도 그 이하도 아니라고. 그런데 나중에 당신은 이렇게 말했다. "당신과 나는 확실히 어울리지 않아요. 그렇게 화난 표정 짓지 마요. 이건 시작일 뿐이에요." 우리는 없었던 일로 했다. "나는 당신보다 더 좋은 친구를 가져본 적이 없어요." 이건 당신이 아니라 내가 한 말이었다. 그렇더라도 당신이 나를 어떻게 생각했는지 정말로 알지 못했다. 가끔은 나를 쳐다보는 당신의 모습에서 분명 무언가를 숨기고 있다는 게 느껴졌다. 지프를 몰고 타만라세트로 가던 길에 삼 주를 머문 니제르의 사막. 잊을 수 없는 어느 저녁, 당신은 티켓을 들고 나타나 우리 모두를 몽땅 털어버렸다. 하도 속도가 빨라 니헐은 할말을 잃었다. 당신은 질 수 없을 것 같은 뱅커에 베팅했고, 초콜릿색 칩이 지속적으로 당신 쪽 테이블에 넘쳐흘렀다. 슈, 방코, 고, 초콜릿색 칩. 초콜릿색 칩은 미처 생각하지 못한 경우에 대비해 판돈이 너무 적을 때 뱅커로부터 받을 수 있는 몫이었다. 방코는 뱅커와 똑같은 액수를 베팅하겠다는 의미였다. 고는 판을 잃은 후 다시 한 판 하겠다는 의미였다. 나는 그 여행을 잊을 수 없었다. 지금도 매년 시간을 내 사막에 간다. 어떤 사막이든 상관없다. 당신은 여행중에 만난 사람과 한두 번 잠을 잤다. "당신을 당황스럽게 하지 않을게요. 난 당신을 내 친오빠라고 말할 거예요." 당신은 말했었다. 나는 대꾸했다. "그럼 난 그놈들 목을 따야겠네요. 당신이라면 제일 먼저 오는 캐러밴에 여동생을 선물하진 않을 거잖아요." 그러나 우리는 질투하지 않기로 약속했었다. 그건 거래였다.

나는 텐트 안에서 홀로 내 이야기를 쓰며 저녁 시간을 보냈다. 텐트 밖 오아시스 사방에서 개들이 울부짖었다. 유일한 자부심은 내 이야기가 이미 아는 어떤 이야기와도 닮지 않았다는 거였다. 당신도 똑같이 느낄지는 모르겠다. 당신은 아무 말 하지 않았었고, 한 번도 만족해본 적이 없었다는 듯 화를 내며 탐욕스러운 표정만 지었으니까.

당신은 불행했나? 멍청한 질문이라고 당신은 말했던 것 같다. 그리고 갑자기 팔로 내 어깨를 감싸며 속삭였다. "어느 누구와도 이런 여행을 하지 않았을 거예요. 하고 싶지도 않았을 테고, 할 수도 없었을 거예요. 섹스하고 싶으면 말해요. 여기 필요한 장식물이 다 갖춰져 있잖아요. 아프리카의 심장, 야자수, 낙타, 별. 하하."

4

남작은 귀족 출신이 아니었기에 그냥 붙여준 별명이었다. 그의 할아버지는 평등주의 시대 사람이었다. 그리고 작위를 역사의 쓰레기통에 던져버림으로써 단두대 없이 자신의 작은 프랑스 혁명을 이루었다. 그로 인해 그의 손자는 아직도 환상통을 앓고 있다. 남작은 가문의 문장을 갖고 있었지만 거기에 어울리는 칭호가 없었기에 별명을 소중히 여겼다. 어쨌든 여전히 그 별명은 작위를 뜻했으니까. 다들 알고 있듯 죽은 자들은 알츠하이머를 앓지 않는다.

당신은 들을 필요를 못 느끼겠지만 여하튼 말을 계속하려 한다. 나 자신을 위해 말할 것이다. 내 공간을 채우기 위해서다. 그들은 내게 소중했지만 그들에 대한 향수는 없다. 티코는 나를 돈

안젤모라 불렀다. 우리가 함께 본 영화 〈엘 코체시토〉와 관련이 있었다. 티코와 메럴. 그는 약간 인도네시아적인 면이 있다. 매우 고상한 언어를 구사했고 여전히 그 억양이 남아 있다. 그의 아버지는 인도네시아 주둔 네덜란드군에서 복무했는데, 하사관이었지만 고상한 언어를 썼다. 식민지 콤플렉스. 성공에 대한 영원한 두려움. 우리는 인도네시아의 마두라섬 출신이다. 그곳이 어디인지 알려면 발리, 롬복, 숨바, 숨바와, 플로레스, 반은 포르투갈령인 티모르, 이런 섬들을 생각하면 된다. 사람들은 이 섬들을 더는 잘 기억하지 못한다. 티코는 니허스의 친구다. 니허스는 무언가를 낡게 만드는 데 전문가다. 니허스가? 낡음은 화학의 문제다. 물건에 이런저런 액체를 묻혀 땅에 묻어놓으면 저절로 낡아진다. 티코는 공부를 다 마치지 못했지만 친구 니허스를 도울 실력은 충분했다. 그들이 서로 낮에만 만나는 건 이상했다. 알렉산더르는 신동이 있는 병원에서 인턴으로 일했다. 메럴은 도도와 올리와 함께 오늘날 피트니스라 부르는 일에 종사하고 있었다. 닥터는 매일 체스 카페에서 시간을 보냈다. 나는 낮에 절대로 그들을 보지 못했는데, 내 생각에 그들은 저녁에 속한 사람들이었다. 친구 모임, 나를 둘러싼 얼굴들, 노란 불빛, 담배 연기, 그리고 당신. 지금 나는 앞에서 당신을 본다. 모든 이미지를 간척지 전경에 투영할 수 있어 기쁘다. 당신이 압축된 시간에 대해 얘기했던 게 기억난다. 당신에게는 모든 일이 너무 느리게 흘러갔기 때문에 한 말이었다. 당신은 지나가는 말로 했겠지만 지금 내게는 많은 것을 의미하고 있다. 여전히 그래서 지금 그 말에 대해 생각해볼 시간을 갖는 것이다. 당신과 함께 본 영화는 미켈란젤로 안토니오니의 데뷔작이었다. 안토니오니와 잉마르 베리만. 두 감독은 같은 날에 죽었다. 그후 다른 영화를 본 적이 없는 것 같다. 나는 모든 것에 흥미를 잃어버렸다. 당시 모든 것이 좌파적이었고, 모든 일에 연대의식을 가져야 했다. 매니페스토 서명, 시위 행진, 분노의 대열에 참여하지 않으면 사생아가 되었다. 우리는 그런 일에 신경쓰지 않았지만 주위 사람들은 모두 분노에 차 있었다. 암스테르담대학 본관 마흐던하위스가 학생들에게 점령당했고, 연극 무대도 달라야 했다. 쿠바의 사탕수수 자르기, 캄보디아 항의 시위, 모두가 숭고했고 용감했다. 경찰 탄압과 폭력과 온갖 시위 속에서 우리는 섬에 처박혀 도박에 미쳐 있었다. 현실세계에서 섬으로 떠밀려온 탈영병 무리. 그 영화에는 일반적인 소요의 흔적이 없었고, 바로 그 점이 내게 영향을 끼쳤던 것 같다. 그 영화에서 말하는 건 사회가 아니라 인간이었다. 나는 '개인'이라는 단어를 이해하지 못하지만 어쨌든 그건 오직 인간에 관한 이야기였다. 텅 빈 거리를 지나는 전차에 탄 누군가. 모든 소요 속 고독. 1964년인지 65년인지 기억나지 않지만 영화 〈붉은 사막〉. 철제 구조물 앞에 한 남자와 서 있는 주인공 모니카 비티, 석유공장 같은 거대한 곳, 그 앞에 선 작은 키의 볼품없는, 이름이나 있을까 싶은 두 인물. 그 순간 당신이 내 손을 잡고 손톱으로 손바닥을 눌렀다. "바로 저거예요, 우리는 아무런 의미가 없다는 거죠. 누가 우리를 우리라고 생각하겠어요? 우리는 갈기갈기 찢기고 지워져가고 있어요. 우리 이야기는 어디서나 전부 똑같죠, 아무런 의미가 없어요." 나는 지금 DVD로 그 영화와 그 감독이 만든 다른 영화들도 갖고 있다. 저녁마다 그 영화를 본다. 그 장면을 볼 때마다 당신의 손을 느낀다. 안토니오니는 순간을 포착해 길게 늘인다. 들판, 담, 철제 구조물, 그것들을 작게 또 작게, 참을 수 없을 정도로 작게 만든다. 그날 저녁 당신이 도박판에 있지 않았다는 걸 안다. 나는 뱅커에 베팅하며 잘나가고 있었고, 어느 순간 고개를 드니 신동 뒤에 서 있는 당신이 보였다. 당신은 놀라울 정도로 강렬한 눈빛으로 내게 고개를 끄덕인 뒤, 갑자기 양손으로 원을 그렸다. 빠르게 두 번 원을 그리며 마치 우리 모두를 창밖으로 내던지듯 당신의 손을 불쑥 치웠다.

그리고 당신은 나가버렸다.

5

그후 얼마 되지 않아 우리는 무모한 모험에 나섰다. 남작의 아이디어였다. 프랑스 루앙 근교에 그의 친척이 살고 있었다. 그는 그곳에 가서 무언가에 서명을 하고 무언가를 전달해야 했다. 아무튼 그가 그곳에 갈 일이 있었다. 그럼 우리가 한번쯤 진짜 카지노에 가보고 싶지 않겠는가? 도빌에 말이다. 모두 갈 수는 없었다. 신동은 주말 근무를 해야 했다. 안드레는 올리가 보내주지 않았다. 나머지 우리 열 명은 내 구닥다리 르노16과 뒤가 둥근 남작의 볼보에 나눠서 비좁게 끼어 탔다. "좀 좁혀, 돈 안젤모." 당신은 볼보에 탔고 옆에는 니헐이 있었다. 다들 서로 낮에 만나는 게 낯설었다. 닥터는 얼굴에 곰팡이라도 핀 것 같았다. 벨기에, 회색빛의 나라. 우리는 우회해 생오메르에 들렀다. 니헐이 그곳 성당의 미로 바닥을 보고 싶어했기 때문이다. 나는 교회나 성당에서 편안함을 느껴본 적이 없다. 니헐과 당신은 벌써 성당에 있었다. 당신은 제단 주변 바닥의 미스터리한 게임 같은 미로 한가운데에 서 있었다. 나는 아직 그때의 미로 사진을 갖고 있다. 니헐의 손짓으로 보아 그는 노선을 따라 미로의 출구를 찾으려 하고 있었다.

그의 얼굴은 여느 때처럼 창백했다. 나는 그가 낮에 결코 밖으로 나가본 적이 없으리라고 믿는다.

그의 말소리를 듣기엔 나는 너무 멀리 떨어져 있었는데 보통은 과묵한 그가 평소와 달리 계속 말했다. "파울라, 뭐 먹을 것 좀 있어?" 티코가 물었다. 그는 성당 안에 반향으로 울려퍼지는 자신의 목소리에 깜짝 놀랐다. 당신이 길을 따라 미로 밖으로 나가려는 모습이 보였지만 당신은 성공하지 못했다. "친구들, 날이 일찍 어두워져." 남작이 말했다. 그는 이곳으로 우회하고 싶지 않았으나 투표에서 졌다. 다들 실제 미로를 보고 싶어했고, 도도는 이 지역을 피카르디라 부르는 이유를 알고 싶어했다. 재미라고는 하나도 없었다. 악당은 보이지 않고 여전히 전쟁 냄새가 풍겼다.

두 차례 전쟁을 겪은 뒤 이곳에 수백만이 묻혀 있다고 힐러스가 말했다.

천천히 불빛이 사라져갔다. 길 따라 서 있는 나무들의 몸통에 흰 페인트로 칠해놓은 띠들이 지나가는 자동차의 조명을 받아 하나씩 밝아졌다. 빗물이 차창을 때렸고 차 안은 조용해졌다. 카지노에 도착해서야 다들 잠에서 깼다. 남작 왈, "친구들, 각오해. 알았지!"

카지노 로비, 카펫, 샹들리에, 여권, 등록. 나는 줄을 선 친구들을 힐끔 쳐다보았다. 각양각색이다. 오늘날은 어떤지 모르겠지만 당시 카지노 출입은 겁나는 일이기도 했다. 카지노에는 우연과 파멸, 중독과 형벌이 지배하는 신성한 분위기가 있다. "순전히 운에 달렸지." 내가 큰 소리로 말하자 앞에 서 있던 당신이 뒤돌아보며 대꾸했다. "태어날 때부터 남보다 잘생긴 사람들이 있으니까." 커다란 방명록에 우리는 이름을 적었다. "나는 늘 저들이 입장시켜주지 않을 것 같다는 생각이 들어." 티코가 말했다. 칩 판매 창구 앞에서도 줄을 섰고, 우리는 칩을 구입한 뒤 사전에 약속이나 한 듯 뿔뿔이 흩어졌다. 미신, 아는 사람 옆에 서고 싶지 않음. 돈을 잃는 것에는 원인이 없지만. 니헐은 포커 테이블로 갔다. 포커는 내 능력 밖이었다. 힐러스와 남작은 우리에게 가장 잘 맞을 것 같은 바카라를 선택했다. 다른 친구들은 각자 룰렛 테이블을 찾아갔다. 처음에 당신은 내 곁에 서서 내가 어떻게 베팅하는지 지켜보다 말했다. "또다시 미로네요." 그게 가까이에서 당신을 마지막으로 본 것이었다. 매우 큰 홀이었고 우리는 적진을 수색하는 대원처럼 산개한 것 같았다. 나는 늘 돈을 잃기 위해 게임을 한다는 생각을 했는데, 때로는 역설적으로 그런 생각이 승리하는 방법이기도 했다. 그날 저녁은 그렇지 않았다. 나는 늘 하던 걸 했다. 모험과 주의력의 애처로운 조합. 당시 100프랑은 큰돈이었다. 아, 옛날 화폐는 다 어디로 갔단 말인가! 길더, 마르크, 리라. 나는 룰렛 테이블에서 숫자 23번 칸에 100프랑을, 그리고 빨강에 100프랑을 베팅했다. 인내심을 잃을 때까지 할 생각이었다. 23번은 돈을 딸 것 같지 않았다. 만약 검정이 계속 나온다면(니헐은 확률적으로 그렇게 안 될 이유가 없다고 말했다) 나는 남은 칩을 전부 아무 숫자에나 베팅하려 했다. 지금 생각하니 그때는 어서 돈을 잃고 게임을 끝내고픈 심정이었다. 정말 바랐던 건 구경하는 것이었기 때문이다. 재미로만 도박을 하는 사람은 거의 없다. 도박에는 또다른 무언가가 있다. 플레이어들의 씰룩거리는 턱, 곁눈질하는 눈빛, 누군가 갑자기 떠나려고 일어서는 모습, 지나치게 관대한 팁. 그중 매번 가장 흥미로운 건 딜러의 모습이다. 판에 박힌 듯하면서도 형이상학적인 지루함이 묻어나는 섬뜩한 목소리로 행운과 불운을 나눠주는 사람. 허풍, 돈 안젤모. 모든 걸 삼켜버릴 듯한 지루함. 그중에서 생각난 멋진 문장 중 하나, 여러분, 마지막입니다. 그러면 허둥대는 마지막 움직임들, 칩을 1, 2, 3에 나란히 놓는 사람, 반은 0에 놓는 사람, 딱하게도 베팅할 칩이 없는 사람! 돌고 있는 하얀 구슬이 굴러떨어질 때까지 흐르는 불길한 정적, 그 어떤 것과도 비교할 수 없는 구슬 떨어지는 소리. 그저 보거나 소리를 듣는 두 종류의 플레이어들. 5, 빨강, 홀수, 노 모어 벳*. 그날 저녁에 당신은 도도한테 무슨 말을 했는가? 당신은 뱅커에 베팅하고 카드에 손을 얹고 있었다. 여러분, 마지막입니다. 이런 일로 사람들은 암에 걸리고, 자동차 사고를 내고, 이혼하고, 비참한 지경에 빠지고, 위대한 사랑을 하고, 힐턴만큼 큰 다이아몬드를 가진다. 아무도 웃지 않았다. 우리는 바보들이 아니었다. 이미 스스로 그렇다고 생각했었다.

나는 삼십 분 만에 가진 걸 다 잃었다. 나는 멀리서 운명과 함께 테이블에 앉아 있는 당신을 보았다. 그러나 그때까지 우리는 불행을 깨닫지 못하고 있었다. 남자가 당신을 향해 샴페인 잔을 들어올렸고 당신들은 잔을 부딪쳤다. 당신은 늘 어디를 가든 친

* 룰렛에서 구슬이 돌아가는 동안 딜러가 '노 모어 벳(no more bet)'이라고 외치기 전까지 베팅할 수 있다.

구들을 사귀었다. 나는 당신한테 가지 않고 다른 테이블을 서성였다. 종잇장처럼 얼굴이 창백한 니헐은 평소처럼 바덴바덴의 도스토옙스키였다.

심지어 그 친구도 돈을 잃었다. 힐러스와 남작은 이미 바카라 테이블에서 일어났다. 티코는 바지 주머니를 밖으로 뒤집어 엄지와 검지로 잡아 보였다. 닥터는 숫자들을 갈겨쓴 종이를 들고 있었다. 자신의 백전백승 공식이 있었지만 그는 모든 걸 잃었다. 도도와 메럴만 여전히 게임을 하고 있었다. "우리 다 돈을 잃으면 자동차 기름값도 없다고." 티코가 말했다. "메럴한테 가서 그만하라고 얘기해봐." 우리가 대꾸했다. 그녀는 아직 칩이 남아 있었고 게임을 중단하고 싶지 않았다. 그녀는 돈을 잃는 시간이 길어지기를 바랐다.

결국 당신이 돈을 딴 유일한 승자였다. 돈을 잃은 우리 패자들은 천천히 당신한테 다가갔다. 당시는 신용카드를 쓰던 시대가 아니었기에 수중에 돈이 전혀 없었다. "중단하자고." 남작이 말했다. 그 말을 하지 않는 게 나을 뻔했다. 당신은 특유의 눈초리로 남작을 쳐다보고 샴페인을 한 모금 마셨다. 우리는 당신의 칩을 돈으로 환산하면 얼마나 되는지 계산해봤다. 적어도 1만 프랑은 되어 보였다. "빌어먹을, 파울라, 우리 저녁식사를 위해 좀 남겨줘." 우리는 당신 옆의 새 남자가 도무지 마음에 들지 않았다.

손등에 한 번도 본 적 없는 문양의 세밀화 문신이 있었는데 황소 가죽에 불로 지져 새겨넣은 룬문자 같았다. 그는 오래전부터 알고 지낸 사이처럼 무언가 말했고 당신은 웃었다. 스페인 아니면 이탈리아 억양이었다. 당신은 딜러에게 손짓한 뒤 앞에 있는 칩 더미 주변에 손가락으로 원을 그렸다가 23번 칸을 가리켰다. 직전 판에서 당첨됐던, 그리고 아까 내가 베팅했던 23번. 딜러는 칩을 긁어모아 딜러만이 할 수 있는 방식으로 재빠르게 세었다(나중에 작가는 그 모습이 똥더미를 휘젓는 것 같았다고 말했다). 딜러는 그 칩들을 다시 액면이 더 큰 칩들로 교환한 뒤 당신에게 확인받기 위해 그중 한 개를 들어올렸다. 골드 칩이었다. 모두가 그 상황을 지켜보았고 당신이 고개를 끄덕이자 딜러가 골드 칩을 당신 쪽으로 밀었다. 그리고 나머지 칩들의 총액이 그 골드 칩 한 개보다 컸기 때문에 딜러는 테이블 위의 액면이 작은 칩들을 능란하게 그녀에게 밀어주면서 그 정도는 돈도 아니라는 모욕을 주는 듯한 표정을 지었다. 그러나 그건 큰돈이었다. 당신은 전부 베팅하겠다고 고갯짓을 했다. 그때 낮은 목소리로 욕을 하는 티코의 목소리가 들렸다. "젠장, 저녁 먹기는 틀렸군." 그가 투덜거렸다. 직원들을 위해 감사드립니다, 부인. 우리는 직원이 아니잖은가? 나는 늘 딜러와 돈의 관계가 어떤지 궁금했다. 딜러들은 봉급을 칩으로 받지 않고, 그들 대부분은 게임을 하지 않는다.

게임을 하는 경우는 한두 번 정도 보았다. 테이블에 있던 사람들 모두 당신을 쳐다보았다. 베팅하세요. 문신한 손이 테이블 위에 칩 무더기를 올려놓았다. 정확히 맨 윗줄의 1, 2, 3에 나란히 베팅했다. 그리고 코너 베팅*도 했다. 마지막으로는 남은 칩들을 높이 쌓아 0에 베팅했다. 당신은 여전히 베팅을 하지 않고 손안에 골드 칩을 들고 있었다. 나는 당신이 무슨 생각을 하는지 알았다. 티코 역시 그랬다. 그의 답답한 신음소리가 들렸다. "아니야, 파울라, 아니야." 그러나 당신은 이미 베팅해버렸다. 천천히 사제 같은 몸짓으로 내가 베팅했던 숫자 23에. 구슬이 떨어진 곳은 0이었다. 누구도 말을 하지 못했다. 문신한 남자가 0과 그 주위에 베팅한 유일한 사람이었다. 물론 그는 받은 배당금에 당신의 골드 칩도 받아 챙겼다. 1천 프랑. 23이 나왔다면 당신은 3만 5천 프랑을 받았을 것이다. 딜러가 베팅된 모든 칩을 문신한 남자에게 밀어주었고, 그는 수북한 칩더미에서 골드 칩을 꺼내 당신에게 건넸다. 마치 수년간 함께한 사이처럼 당신은 자연스레 그 칩을 받으며 서로 쳐다보지도 않았다. "베팅하세요." 딜러의 말에 티코는 다시 신음소리를 냈다. 주인이 도망쳐버리고 남겨진 한 마리의 개처럼. 이제는 니헐과 메렐도 와서 구경하고 있었다.

* 룰렛에서 숫자판 위에 베팅할 때, 네 개의 숫자가 만나는 코너에 칩을 놓는 것.

전에 자주 보았었다. 딜러와 플레이어 사이, 특히 여성 플레이어 사이에 무언가를 공모하는 듯한 모습을. 사실 그런 일은 여자한테서 일어나는 눈치 게임이다. 단 1초의 짧은 시간, 누구나 알고 있는 마법의 시도는 무의미하다. 숫자가 적힌 휠을 돌리는 손의 힘, 껑충껑충 튀며 경쾌하게 날아가는 구슬, 다시 한번 튀었다가 마지막으로 성스러운 번호 칸에 안착하는 구슬.

23번. 그후 모든 것이 아주 빠르게 진행됐다. 우리가 당신을 본 마지막 순간이 바로 그때였다는 게 아직도 마음이 아프다. 당신은 옆에 있는 남자에게 돈을 밀었으나 그는 다시 그 돈을 당신에게 돌려줬다. 잠시 테이블에 돈이 놓여 있었다, 3만 5천 프랑. 티코는 다시 신음소리를 냈고 니헐이 마지막으로 우리를 넘겨다보았다. 힐러스는 담배에 불을 붙였다. 당신은 딜러를 향해 고개를 끄덕인 뒤 그 앞으로 칩 한 개를 밀었고, 남은 돈을 똑같이 둘로 나눴다. 그사이 문신한 남자는 일어나 기다렸다. 당신은 몸을 돌려 티코, 메럴, 그리고 내게 키스했다. 그러면서 내 목에 손톱자국을 남겼다. 당신은 나눈 돈의 절반을 도도에게 주고 나머지는 핸드백에 넣었다. 비가 오는 궂은 날, 당신은 아무에게도 별말 하지 않고 그 남자를 따라 밖으로 나갔다. 우리는 당신들이 회전문을 통해 사라지는 모습을 보았다. 남작이 내게 말했다.

"당신, 괜찮겠지." 우리 모두 그게 당신과의 이별이라는 걸 알았다. 그리고 당신은 나를 가리키며 지분을 남겨놓았다. 나는 1천 프랑을 챙겨야 했으나 대신 그 골드 칩을 다시 빨강에 베팅했다. 검정이 나왔다. 거기에는 비밀이 없다.

밖에는 여전히 비가 내리고 있었다. 누군가 해변을 걷자고 제안했다.

여자들은 걷고 싶어하지 않아서 카지노 근처의 바에 가 있었다.

회오리바람, 그리고 또다른 소리, 파도가 밀려왔다 부서지는 소리였다. 우리는 비를 맞으며 한동안 서 있었다. 그때 티코가 말했다. "그 남자, 전혀 맘에 안 들었어." 니헐은 아무 대꾸도 하지 않았고 나 역시 그랬다.

비수기 때 북부 프랑스의 해수욕장에서 깨어나본 적 있는가? '형편없는 호텔', 숙취, 바다 전망. 갈매기, 여전히 내리는 비. 일회용 살구잼과 네덜란드산 버터를 곁들인 아침식사. 육 개월 후, 스페인 사라고사의 아라곤호텔에서 대형 화재. 꼭대기 층 창문 뒤에서 파티라도 하는 듯 손을 흔들던 투숙객들을 찍은 사진. 89명 사망. 대부분 스페인 사람들, 독일인 부부 한 쌍, 콜롬비아 사람 한 명, 그리고 네덜란드 여성 한 명. 단 한 명.

파울라 II

당신이 나를 불러냈다. 그래서 내가 여기 있다. 당신이 내 이야기를 들을 수 있는지 나는 모른다. 우리 사이에는 내가 제어할 수 없는 어떤 공감대가 존재한다. 아마 그 공감대가 당신이 창턱에 세워둔 사진을 통해 당신의 피부로 가닿는 것 같다. 큰 소리로 말하지 않아도 나는 그 목소리만으로 당신을 알아보았다. 그게 내가 의미하는 공감대라는 것이다. 나는 여기서 많은 것을 배우고 있다. 우선, 내가 죽음에 대해 생각했던 것들 중 어느 하나도 맞아떨어지지 않는다는 점이다. 바로 그게 여기서 배우는 첫번째 교훈이다. 내가 '우리'라고 말하는 건 오래된 버릇이다. 여기에는 나 말고 아무도 없다. 주위에는 수많은 죽은 자들이 있어야 하지만 내가 나 자신의 죽음 속에 없듯 그들도 그들 자신의 죽음 속에 없다. 나는 더이상 육체가 아니다. 내가 붙잡을 수 있는 게 아무것도 없으리라고는 생각해본 적이 없다. 그 어떤 물질도, 그 어떤 빛도, 그 어떤 그림자도. 그 어떤 온도도, 그 어떤 시간도. 내가 여기라고 말했나? 여기라는 것은 없다. 나는 그걸 설명할 수 있다고 생각하지 않는다. 내 앞에, 그리고 내 뒤에는 아무것도 없다. 나는 아직 살아 있지만 주변에 그 어떤 상황이나 환경도 없다. 그걸 깨닫기까지 오랜 시간이 걸렸다. 시간이 존재하지 않는데 어떻게 '오랜'이라고 말할 수 있을까? 새로운 언어를 갖지 못했기 때문에 설명이 부족하겠지만 나는 최선을 다하고 있다. 나는 나 자신을 볼 수 없다, 그러나 여기에 있다는 건 안다. 육체 없이. 내 주위에는 아무것도 없다. 공간 역시 없다. 내가 당신의 말을 듣고 있다고 한다면 그건 진실이다. 내가 살아 있다고 한다면 그것도 진실이다. 아마 내가 그걸 설명하려고 애쓸 필요는 없을 것이다. 다만 상황을 이해시키지 못할지라도 어떤 의미인지 당신이 이해할 수 있는 용어로 말해야 하는 것뿐이다. 내가 볼 수도 들을 수도 없는 다른 죽은 자들처럼 나 역시 완전히 혼자다. 내 존재는 내 기억들이다. 그건 확실하다. 그러나 그 기억들을 얼마나 간직할 수 있는지는 모른다. 그 기억들을 잃은 뒤에야 내 진짜 죽음이 오는 것이다. 내가 아직 살아 있다고 말하는 건 그런 의미에서다. 죽었어도 죽은 것이 아니다. 아직 내가 무언가 끝맺음할 일이 있다는 느낌이 든다. 아마 전에 함께 가본 곳에서 우리가 아직도 방황하고 있다는 게 사실일지도 모른다. 그렇기 때문에 우리는 여전히 무언가를 얘기할 수 있다. 혹은 우리가 무얼 얘기한다면 누군가가 들을 것이다. 사실 잘 모르겠다. 가끔 나는 육체적 면에서 생각하는 나 자신을 발견한다. 그러나 그건 일종의 결핍, 아니, 손실에 대한 생각이다. 육체가 온전히 사라져버리면 환상통도 아주 없어질 것 같지만 여전히 무언가가 존재하는 건 분명하다. 하지만 그걸 정확히 이해할 수 없다. 고등학교 때 지하세계의 오디세우스 이야기를 듣고 무척 감동을 받았던 기억이 있다. 창백한 망령에 사로잡혀 자기 어머니를 보는 모습. 글쎄, 전혀 그렇지 않다. 아무도 우리를 찾아오지 않는다는 걸 나는 잘 알고 있다. 우리는 서서히 우리한테서 사라져가는 과거에 몰두해야 한다. 내게 미래는 없고 과거만 있을 뿐이다. 더는 시간에 속하지 않는 과거, 다른 범주로서의 과거. 당신은 지금부터 내 모든 이야기들이 당신의 언어로 계속 말하기 위한 내 노력이며 변조變造임을 이해하고 출발해야 한다. 우리는 위험한 동반자일 수도 있다. 죽은 사람의 이름을 금기시하는 민족들이 있다. 죽은 자는 더이상 이름을 갖지 않는다. 그녀의 이름은 다시 언급되지 않을 것이다. 일본에서는 죽은 뒤에 망자로서 다른 이름을 갖는다. 나도 그런 이름을 가질지 모른다. 내게 더는 어디, 언제라는 자리매김이 없다. 비록 당신들의 생각과 같진 않겠지만 나는 죽음의 순간부터 이야기를 시작하려 한다. 어쨌든 초자연적 아우라는 없었다. 보통의 공황상태가 수반되는 호텔 화재였다. 불바다, 공포, 그리고 연기. 굳이 당시 상황을 말한다면, 나는 고통을 느끼지 못하고 의식을 잃었다. 그리고 불식간에 살아서 기어나왔다는 게 가장 적절한 표현일 것 같다. 극적이지는 않았지만 대단한 전환이었다. 내가 그때 매우 놀랐던 걸 기억한다. 일 초 뒤에 여기에 있었으니까. 일 초, 여기, 긴 시간, 이런 표현을 양해해주기 바란다. 달리 어떻게 표현할 수가 없다. 당신이 알아야 할 딱 한 가지가 있다. 나는 당신이 거기 방에 앉아 생각했던 것들을 전부 들었다. 어떻게 해서 들었는지, 생각들이 어떻게 소리가 되는지 묻지 마라. 그럴 때가 있다. 당신은 우리 사이에 무엇이 존재했는지 이해하지 못했다. 그리고 내가 당신에게 했던 거짓말을 기억했다. 여자들은 거짓말을 잘하고 남자들은 잘 믿는다. 우리가 계속 함께했다면 당신의 본질적인 부재에 나 자신을 내맡겨야 했을 것이다. 하지만 그건 너무 고통스러운 일이다. 바로 그게 당신이 아직도 늘 그 방에서 혼자 있는 이유다. 나는 금방 그걸 깨달았다. 당신은 본질적으로 다른 사람을 위해 있지 않았고, 둘 사이의 무언가는 완전한 재앙이 될 수 있었다. 그 재앙 속에서 나는 살아남았지만 당신은 그러지 못했다. 당신은 그 재앙 속에 존재하지 않기 위해 살아야 했거나, 아니면 재앙이 없는 동안 존재해야만 했다. 그런 사람들이 있는 법이다. 본질적이란 말 그대로라는 걸 뜻한다. 나는 늘 단어들을 좋아했다. 본질과 존재는 아주 밀접하다. 사하라사막의 경계 지역을 여행했던 건 내 인생의 정점 중 하나였다. 나는 그 여행에 대해 과장 없이 얘기할 수 있다. 우리가 함께 잤던 단 한 번이 당신을 망상에 빠뜨린 게 틀림없었다. 내게 그건 순간의 불장난이었다. 내가 그 짓을 뭐라고 말했던가? 제스처라 했었다. 그냥 잊든지 아니면 잊지 말든지, 불가능한 것에 대처하는 전략이다. 몸 안으로 들어오는 달아오름은 아주 사납고 야만적이었다. 거기에 비하면 훗날 내 죽음은 아무것도 아니었다. 당신은 신경쓰지 않았지만 남자들은 그 짓을 잘했다. 내가 과장한다고 생각할지 모르겠지만 그럴 이유가 없다. 내가 있는 곳이나 지금 하는 것에 대해서도 과장할 이유가 전혀 없다. 내가 알았던 언어를 아직 잊어버릴 수 없는 곳, 내가 존재하지 않는 곳이란 표현이 더 나으려나? 내가 틀리지 않았다면 나는 인생을 마감하고 있는 중이다. 단지 이런 방법으로만 할 수 있다는 게 이상하다. 그리고 서둘러야 한다는 느낌도 든다. 나는 색깔을 보지 못하지만 당신들이 서서히 쇠약해져가는 걸 볼 수 있다. 나는 당신을 무한히 존경했다. 정말 그랬다. 나는 그들을 사랑했고 아마 도도를 더 사랑했다. 어쨌든 모두를 사랑했다. 우리는 단정하지 못한 인간들이지만 자포자기한 건 아니었다. 다들 자기 뜻대로는 아니어도 용케 세상을 헤쳐나가고 있었다. 나는 늘 당신을 세심히 관찰해왔다. 멀리서 불교 사원 같은 당신의 방을 보았다. 이렇게 말하는 걸 용서하라. 하지만 당신은 죽음을 앞당긴 것처럼, 살아 있는 그 누구보다 가장 죽은 사람처럼 보인다. 텅 빔, 하얀 벽. 눈은 없지만 나는 그것을 볼 수 있다. 당신이 그 역설을 견딜 수 있기를 바란다. 나도 내 사진을 볼 수 있다. 사진은 아픔이 아니라 무한한 향수를 불러일으킨다. 하하. 나는 당신이 생각할 때 그 생각을 듣는다. 그렇게 하면 그 순간 당신의 넋을 빼앗을 수 있었다. 당신과 도도를. 나는 도도와 바람을 피웠다. 당신들 누구도 그걸 몰랐다. 그녀와 함께라면 모든 사람들로부터 벗어나 쉴 수 있었다. 물론 경우는 다르지만, 당신으로부터도. 나는 당신을 놓아줘야 했다. 당신들 아무도 몰랐을 거라고 말했지만 작가는 의심을 품고 있었다고 생각한다. 그 역시 우리의 많은 것을 관찰하고 있었다. 특히 당신을. 나는 그가 당신에 대한 책을 쓸까봐 늘 두려웠다. 뭐라고 말해야 할까, 그는 당신에 관한 것들을 모으고 있었다. 수년간 자기 책을 쓰기를 기다리면서 당신을 관찰했다. 관찰하는 사람 입장이라면 무슨 말인지 이해할 것이다. 내가 빈트롭을 만나던 때 그가 모든 것들을 면밀히 추적한다는 걸 알았다.

우리가 보는 앞에서 기록하지는 않았지만 언젠가 그가 늘 갖고 다니던 메모장 하나를 본 적이 있다. P. 탐욕적. I.W. 그리고 돈 안젤모, 그녀의 타고난 희생자. 그리스어로 써놓은 네덜란드어 단어와 유치한 중학교식 암호. 이제 그것들을 읽을 수 있다. 그가 쓴 소설 속에 친구 도둑, 애인 도둑 등 그가 수집했던 목록이 다 들어 있었다. 그는 늘 우리 주위를 맴돌았고 기회가 생기면 나와 잤을지도 모른다. 빈트롭은 그 일에 신경쓰지 않았고, 매번 작가 덕분에 웃었다. 그가 사람과 사물 흉내를 잘 냈기 때문이다. 그는 작가의 책에도 분개하지 않았다. 다행히 책에서 내 이야기는 빠졌다. 그는 당신을 신비주의자라고 했다. 그 사람 앞에서는 조심할 것. 그는 거부의 제왕이다. 진짜 블랙홀, 그와 교제하는 사람은 블랙홀에 빠진다. 나는 조금 전 당신을 놓아줬어야 했다고 말했다. 하지만 정말 그랬을까? 당신은 믿지 않을 테지만 나는 당신이 두려웠다. 지금 나는 후회하는가? 심연을 들여다보고 용기를 잃었는가? 너무 겁이 많고 심약한가? 나는 살아 있을 때 어느 것에도 절대로 후회하지 말자고 결심했었다. 이제는 모르겠다. 너무 늦었기 때문일 것이다. 너무 늦어버렸다는 걸 새삼 느낀다. 이런 말이 난센스인 줄 안다. 너무 늦어버림, 후회. 아직 살아 있는 당신조차 더는 그런 생각들을 하지 않을 것이다. 내가 찾는 건 기억이지만, 얻는 건 기억의 목록들이다. 목록이 내 목적은 아니다. 아직도 걸치고 있는 것들이 너무 많다. 계속 걷어내고 벗겨내야 한다.

공기, 나는 공기가 필요하다. 이상하게 집중할 수가 없다. 나는 되돌아오리라 약속할 수 있지만 지금은 점점 사라져가는 느낌이 든다. 거의 죽은 거나 마찬가지지만 아직 할말이 많다. 죽은 사람이 너무 피곤해서 죽을 것 같다고 생각하는 게 가능할까? 용해, 변색, 사라짐? 혼, 멋진 단어라고 늘 생각했다. 지금 나라는 존재는 혼인가? 유령 또한 멋진 단어다. 거기에 육체적 사랑이나 무아경 같은 단어는 어울리지 않는다. 바라보기 때문에 깨지는 유리잔, 더는 간직하지 않는 기억들, 아직도 불러낼 수 있는 기억들. 리하르트 슈트라우스의 가곡집 '네 개의 마지막 노래' 중 마지막 제4곡 〈저녁놀〉의 마지막 구절, 이것이 어쩌면 죽음일까? 이 질문이 핵심이다. 경계 지역, 사람이 살지 않는 나라. 슈트라우스가 이것이 어쩌면 죽음일까?라는 질문을 던졌을 때 그는 아직 살아 있었다. 애매하고도 믿을 수 없을 정도로 정확한 표현. 평화의 안식. 죽은 자는 휴식이 없다. 이미 외롭지만 더 외로운 게 틀림없다. 당신은 아직도 내 목소리를 듣고 있는가? 아직도 나를 보고 있는가, 사진을, 간척지 풍경을? 방금 무슨 말을 했나? 방 안의 비, 바깥의 비? 비였다! 아직도 그 사진을 찍었던 순간을 정확히 기억한다. 당신은 짐작하지 못했지만 내가 니헐과 함께 했던 밤. 냉혈아 니헐 알허브라. 고요한 밤. 외침과 속삭임, 땀, 사랑, 고통, 그러고서 도도에게로 도망치기, 발삼 향유, 치유. 그리고 음주, 그리고 코카콜라, 다음날 아침 그 사진사, 창문, 비, 지금도 당신이 쳐다보고 있는 곳. 사랑으로? 그건 내게 혼돈이다. 한때의 바람, 〈보그〉. 어쨌든 그게 나였다. 제정신이 아니었던 과거형 was. 나는 돌아올 거라고 말했다. 그러나 당신이 내 부끄러운 비밀을 듣고 싶어할까? 모든 남자들은 거꾸로 태어나고 싶다는 듯 몸안으로 들어가려고 발버둥친다. 그들은 위에 올라탄다. 그런 육체의 표현은 섹스, 섹스만 원하는 흥분된 의지의 형상이다. 그들은 어딘가로 들어가야 하고 다시 쫓겨난다. 안 그런가? 모두 그렇게 다르고 그렇게 같다. 끔찍하다. 아니다, 끔찍하지 않다. 인생은 그런 거래와 같다. 우리는 인생이 얼마나 투명한지 나중에야 깨닫는다. 거미줄. 얼마나 신성한지, 오 하느님. 그러니까 누군가 옛날에 그런 말을 해줬다면 나는 거미줄을 잘라냈을 것이다. 허허. 모든 것들이 성스러움을 잘라내는 걸 지향했던가? 성스러움, 알겠는가. 좋다, 그럼 스스로 죽어가려는 노력을 한번 해보라. 내게 이 이별을 위한 시간이 얼마나 있는가?

잠, 당신은 잠을 잤다. 나는 잠을 잊었다. 하지만 그런 상태를 어떻게 말해야 할지 모르겠다.

나는 빈약한 비유로만 이야기할 수 있을 뿐이다. 불빛이 서서히 꺼져가는 호텔에 도착한 상황 같다. 어쨌든 그런 기분이다. 나는 기대감 없이 불빛들이 다시 천천히 켜질 때까지 그저 기다린다. 나는 당신이 자는 모습을 보았다. 어쩔 도리가 없다. 당신이 시작했다. 당신이 나를 불러냈다. 당신은 잠결에 두려워했고 안절부절못했다. 그런 모습은 사원에 어울리지 않는다. 당신 자신을 속여도 소용없다. 나는 당신의 그 두려움을 안다, 예전 그날 밤 사막에서 당신이 얼마나 두려워하며 잤는지 안다. 여전히 당신이 한 말을 기억한다. 당신은 늘 다섯시쯤이면 잠에서 깼는데 한번은 그러고서 밖으로 나갔다. 너무 오래 나가 있어 나는 무슨 일이라도 있는지 보러 나갔다. 밖은 몹시 추웠고 당신의 입에서 입김이 나오는 게 보였다. 하늘에서는 무수한 별들이 빛을 쏟아내고 있었다. 네덜란드에서는 볼 수 없는 광경이었다. 무한히 먼 거리, 징표들, 형상들, 숫자들, 믿을 수 없는 고요 속의 필적. 잠시 뒤 용기를 내 당신에게 무슨 일이 있는지 물었다. 당신은 매일 밤 살고 싶지 않은 기분을 느끼는 순간이 있다고 대답했다. 당신은 반어적으로 말했지만 통하지 않았다. 밤이면 그런 순간이 찾아오는 걸 알았기에 당신은 늘 두려워했다. 당신의 목소리에서 두려움을 들었다. 당신은 나를 속이지 않는다, 그때도 지금도. 어둠 속의 두려움. 그때 당신이 한 말을 잊을 수 없다. 여우들은 밤에 찾아온다. 어렸을 때 할머니가 해준 그 말을 당신은 늘 기억했다. 나 역시 기억하고 있다. 우리는 그 자리에 한참을 서 있었다. 나는 말하고 싶었지만 무슨 말을 해야 할지 몰랐다. 여우들. 당신이 다시 잠들었을 때 나는 여우들의 소리를 들었다. 여우들은 코를 킁킁거리며 텐트 둘레를 할퀴어댔다. 살랑거리는 소리, 텐트를 스치는 소리, 부드럽게 헐떡이는 숨소리, 텐트에 닿는 발톱들, 반쯤 열린 주둥이들, 여우들의 날카로운 이빨을 보았다. 교활하게 생긴 뾰족한 얼굴, 텐트에 비치는 여우의 하늘거리는 그림자, 나는 여우들이 말하는 소리를 들을 수 있었다. 당신은 나를 믿나요? 여우가 몇 마리 왔었는지는 모른다. 그후로 본 적은 없지만 당신 곁에 늘 여우들이 있다는 걸 나는 알고 있었다. 누군가가 더이상 살고 싶어하지 않는다는 말을 당신이 전해 듣는다면 그 진술 뒤에 누가 있는지 궁금할 것이다. 모든 이들을 웃기는 사람, 여러 동물의 흉내를 낼 줄 아는 사람, 마술사처럼 카드를 섞을 줄 아는 사람, 혹은 하루에 한 번씩 살고 싶어하지 않는 여우들의 남자.

나는 당신들을 지켜보고 있다. 네덜란드어는 무척 아름답다. 실제 당신들은 나에 대해 그리 많이 알지 못했다. 나는 합창단에서 노래를 불렀다. 당신마저 몰랐다. 물론 알토였다. 과잉된 소프라노와 뒤얽혀 짜이는 어둡고 짙은 목소리들. 그렇다, 높은 톤들, 그건 힘이다. 날실과 씨실. 언어를 사랑하는 당신은 분명 내가 무슨 말을 하는지 알 것이다. 나 역시 늘 언어를 사랑했다. 네덜란드어는 내 사랑이다. 당신이 사라져버리는 것처럼 언어도 증발해버리는 게 매우 안타깝다. 씨실, 이 단어가 무엇을 뜻하는지 아는가?

이 단어는 베를 짜는 것과 관련이 있고 그때마다 항상 나오는 말이다. '항상'이라는 뜻의 Altoos는 판달러사전에 실려 있고, 나는 아직 그 단어를 알고 있다. 하지만 아무도 그런 단어들이 사라져간다는 사실을 주목하지 않는다. 사람들은 "Een blauwe maandag Nederlands gestudeerd"*라는 표현을 이해하지 못할 것이다. 씨실은 분할, 분리를 뜻하며 두 개의 구획된 토지 사이에 놓인 담이다. 과잉된 소프라노가 나와야 할 때 내 목소리는 낮고 짙은 소리를 내며 씨실처럼 두 소리를 분리하는 역할을 하는 것처럼 들린다. 그건 결코 대립이 아니다. 격앙됐을 때 억제가 있어야 하고 그게 내 역할이었다. 낮은 톤은 흥분을 가라앉히며 소리가 공간에서 날아가버리지 않도록 한다.

혼성은 과잉된 흥분을 떨쳐버리는 수단이다. 질서 말이다. 그

* "짧은 기간 동안 배운 네덜란드어"라는 뜻.

때 그런 얘기를 했을 때 당신들은 나를 비웃었을지 모른다. 그러나 이제 질서의 장점은 평정함이라 말할 수 있다. 내 감각들은 온통 경계 태세이고, 그건 죽음의 또다른 선물이다. 당신이 높은 내 목소리를 참을 수 있을지 모르겠다. 하지만 원체 목소리가 커서 나도 어쩔 수 없다. 당신들은 내 고향을 알아채는 눈들이 없었다. 다들 자기 자신과 자기 고향에만 갇혀 있었다. 혹 그렇지 않은 이들도 있었을지 모른다.

당신들은 왜 매일 저녁에 모였는가? 당신들의 초월함은 결국 웃는 것이었고 그 웃음 속에 비명이 가려져야 했다. 안 그런가? 나는 그런 당신들을 모두 보았다. 건방진 소리 같지만 사실이 그렇다. 나는 그 초월함의 반을 침대에서 알게 됐다. 개구리와 공작새, 공직자와 미친 자. 당신들에겐 공통점이 하나 있었다, 운명에 도전한다는 것. 그 도전은 현실세계 아니면 적어도 도박장에서 이뤄졌다. 패배가 실제로 존재한다는 영원한 확신, 그건 진리다. 그리고 그 진리는 늘 은폐된다. 가끔 한번씩 당신들이 승리자가 되기도 하니까.

그러나 게임을 속이는 사람도 보았다. 한 개의 수갑으로 엮인 것 같은 아홉 명. 빠른 손놀림. 내가 계속 얘기하길 바라는가? 당신은 이미 오래전부터 알고 있었다. 손재주가 있는 유대인 신동. 금화, 은연필, 다음날이면 항상 여자친구와 왔던 것, 기억하나?

우리가 한번 네덜란드 영사인가 하는 빈트롭의 친구와 저녁식사를 했던 때. 내가 화가 났던 건 아버지의 금연필을 잃어버려서가 아니라 그걸 어디에 두었는지 알 수 없어서였다. 다음날 신동이 연필을 가지고 왔다, 자기 여자친구와 함께. 신동은 어렸을 때 칼뱅교도 농민들과 마흔 번씩 집을 옮겨다니며 숨어 지냈다. 견디기 어려운 생활이었지만 결국 살아남았다. 도둑질도 해야 했고, 속이는 짓도 해야 했다. 나중에는 사랑으로 위장했던 사람들에게 복수를 했다. 뱅커에 베팅하고 수북이 쌓인 초콜릿색 칩을 먹을 준비가 된 상황에서 차질이 생길 때면 그는 늘 조롱 섞인 질문을 했다. 그렇게 여유가 있어요? 내가 마냥 기다려야 해요? 당신들이 나를 바쁘게 했다. 그러면서 아무도 낮에 내가 무엇을 했는지 물어본 적은 없었다. 낮에 나는 당신들로부터 벗어나야 했다. 의사, 간호사, 바람난 여자, 사제, 정신과의사. 가끔 돈벌이로 하는 사진 모델. 합창 연습에도 가야 했다. 그리고 나머지는 온통 당신들, 당신들이 전부였다. 놀라운 건 다들 입이 무거웠다는 점이다. 나는 남의 험담을 듣고 싶어하는 사람이라면 더는 접촉해선 안 될 전염병처럼 내 지하세계로 추방해버렸다. 당신은 내게 남의 얘기를 물어본 적이 없기 때문에 모를 것이다. 힐러스, 그는 내가 도도와 잤다는 사실을 몰랐다. 죽음이 임박한 안드레, 그는 내 곁에서 죽어가기 위해 올리를 운하로 밀어뜨리려 했을 것이다. 니헐은 영원한 계산가였고 알츠하이머에 시달리고 있다. 티코는 익살꾼이었고 당신과도 침대에서 웃을 수 있는 유일한 사람이었다. 얼마나 많은 남자들이 이슬람교도 신부新婦처럼 자신의 발기를 치장하는지 아는가? 거즈붕대, 엷게 바른 립스틱, 파티마 성모가 침대보의 언덕과 계곡을 넘나들며 춤을 춘다. 이제 그 모든 것들이 말로 표현할 수 없는 과거로 돌아간 게 아닌가? 더 가치 있는 삶의 길을 택해야 했나? 아니다. 내가 암스테르담 스파위의 루터교회에서 불렀던, 당신들 누구도 들으러 오지 않았던 바흐의 칸타타의 맥락에서 더 많은 것을 택해야 했나? 아니다. 당신이 나를 어떻게 파괴하려 했는지 보기 위해 내가 당신의 지하세계로 들어가야 했나? 아니다. 나는 당신을 위해 있었다. 당신은 하루에 한 번씩 살고 싶어하지 않았다. 이제 나는 하루종일 죽어 있고 당신은 살아 있다. 당신은 나와 함께 살 수 없었다. 내 잘못인가? 당신은 내 삶의 도전이었나?

말하는 게 쉽지 않다. 오늘 나는 하루를 전부 소유하는가? 날日은 없다. 나는 오늘을 소유한다. 얼빠진 소리다. 당신은 죽은 자가 더 많은 힘을 갖는다고 생각할지 모른다. 곰팡내나는 빵, 부서진 도구들, 낡은 개념은 당신에게 도움이 되지 않았다. 나의 빛은 다시 꺼져가고 있다. 단지 당신 곁에 있기 위해 이처럼 횡설수설할 뿐이다. 나는 이것을 끝내야 하지만 그 끝을 찾을 수가 없다. 나는 존재하지 않는 하루종일 줄곧 당신을 지켜보았다, 알겠는가? 당신의 느려빠진 생활. 간척지 너머를 응시하는 모습. 나는 당신이 『연옥』을 읽었다는 걸 알지만 당신이 무슨 생각을 하는지는 알 수 없었다. 그후 당신은 한동안 아무 말 않고 앉아 있었다. 그리고 내 사진을 똑바로 세웠다. 나는 그 사진을 보고 다시금 내 몸에 대한 향수를 느꼈다. 당신들도 그런 향수를 느낀 적 있으니 결코 나만 그러는 것 같진 않다. 나는 몸뚱이를 돌려받을 필요가 없다. 아마 기억은 나보다 당신들에 대한 것들이 더 나쁠 것이다. 나는 당신을 지켜보았고, 내 삶의 결핍보다 당신의 삶을 더 견디기 어렵다는 걸 깨달았다. 당신이 여기에 오면 얘기해주고 싶었지만 여기가 어딘지 모른다. 그리고 그곳이 어디든 아무도 없으리라는 걸 당신도 알게 될 것이다.

한 가지 얘기해주고 싶다. 나는 실신했었지만 불에 타지는 않았다. 생의 최후의 순간이라 할 수 있는 그 찰나, 나 자신을 바라볼 수 있었다. 남자의 이름은 아르투로였다. 그는 텔레비전 안테나를 붙잡은 채 질식했다. 옛날 호텔에서나 볼 수 있었던 이중 니켈로 만들어진 뿔처럼 생긴 전자식 안테나였다. 공포의 순간, 그는 힘껏 안테나를 붙잡았고 그 바람에 테이블 위의 텔레비전이 떨어지면서 그도 함께 바닥으로 나동그라졌다. 당신은 그 순간을 상상할 수 있겠는가? 나는 제정신이 아니었다. 내가 마지막으로 본 건 덩치 큰 남자가 바닥에서 텔레비전을 껴안은 채 당신 옆에 누워 있는 모습이었다. 그러고서 다른 것이 보이기 시작했다. 나는 잠을 잤다, 그런 것 같았다.

커다란 평화가 왔다. 당신은 나를 믿어야 한다, 나중에 도움이 될지 모르니까. 그런데 내 머리칼.

나는 머리칼에 대해 그토록 깊게 생각해본 적이 없다. 그건 내 몸의 가장 덧없는 일부였다. 하지만 그 순간에는 내 머리칼이 평소보다 더 생생히 보였다. 그리고 돌연 나 자신에 대한 사랑에 사로잡혔다. 그때껏 나 자신에게 주의를 기울였던 적이 전혀 없었는데 말이다. 그 오랜 세월 나 자신을 잊고 있다가 최후의 순간에 발견한 것이다. 내가 그 순간에 대해 기억하는 건 병적인 사랑의 감정이다. 당신은 이해할 수 있겠나? 그리고 불현듯 거기에 누가 죽어 있는지 깨달았다. 내가 거기에 누워 있었고, 텔레비전이 켜져 있었다. 깜빡이는 텔레비전 불빛이 내 머리칼 위를 비추고 있었다. 사진에서처럼 짧게 깎은 머리칼이 실크처럼 빛났다. 그 머리칼을 쓰다듬고 싶었다.

한번 더, 마지막 한마디. 나는 바람에 날려 멀리 갔다가 다시 돌아온 것만 같았다. 당신은 진정으로 나를 불러준 유일한 사람이다. 다른 사람들도 나를 가끔 생각해줬지만 아무도 나를 발견하지 못했다. 그들의 슬픔이 사실이었다면, 그 에너지가 부족했을 테고 거리감도 너무 컸을 것이다. 한 가지 더. 아르투로는 당신들 무리와 매우 소원했었다. 그러나 보다시피 나와는 소원하지 않았다. 그는 나를 감동시켰다. 카지노에서 나왔을 때 나는 이미 당신들에게 타인이 되었다. 그에 대해서는 힘이 세다는 것 말고는 모든 게 잘못 알려져 있었다. 당신들은 그를 경멸했다. 우리가 떠날 때 당신들의 얼굴에서 볼 수 있었다. 충격에 빠진 도도, 힐러스와 남작의 불신의 눈초리. 이야기를 찾으려는 작가의 욕망. 하나의 이야기, 하나의 이야기, 카멜레온 같은 소설. 글쎄 그 이야기가 잘 전개됐어도 그는 결코 쓰지 못할 것이다. 내가 당신들 앞에서 순식간에 타인이 되어버린 동안에도 나는 그대로였다. 그걸 이해했던 사람은 아마 당신이 유일할 거다.

안토니오니 영화를 볼 때 당신의 손바닥을 찔렀던 손톱, 당신 목에 상처를 냈던 손톱. 이별, 진짜 이별, 마지막 이별. 당신은 창문을 열어놓았다. 회오리바람. 그건 나였다. 살랑거림, 속삭임. 여우들의 소리, 사막의 하룻밤. 상상의 여우들, 진짜가 아닌 여우들. 모든 것이 덧없음. 우리 존재처럼. 사라짐.

가장먼곳

그 말은 여자들에게 어울리지 않아. 아버지가 늘 하던 말이었다. 가장 먼 곳까지 가는 건 남자들이지 여자들이 아니라고. 그러나 나는 아버지의 말을 듣고 싶지 않았다. 그런 먼 곳은 육지보다 섬에서 훨씬 많이 찾을 수 있다. 여기서 내가 가장 즐겨 찾는 곳은 푼타 나티*다. 특히 날씨가 나쁠 때 간다. 집 앞 나무들이 휘어지도록 북풍 트라몬타나가 불면 나는 그곳에 가봐야 할 때라는 걸 알았다. 비옷을 챙겨 입고 마을을 떠난다. 마을은 크지 않아 얼마간 걷다보면 곧 산업지역에 다다른다. 남자들이 운송할 상자들을 지게차로 분주히 들어올리고 있었다. 지게차들은

* 스페인 메노르카섬의 등대.

후진할 때마다 반복적으로 크고 단조로운 소리를 냈다. 고통스럽지만 그 고통을 보여줄 수 없는 소리 같았다. 북쪽으로 가는 좁은 길을 따라 갈 때도 여전히 지게차 소리가 들린다. 이제 바람이 강하게 불기 시작하고, 나는 종업원들이 조아리듯 고개를 아래로 숙여야 한다. 머리칼이 바람에 거세게 휘날리고 바람 때문에 고인 눈물이 앞을 가려 쳐다볼 수 없다. 길 양쪽에는 이 섬에 흔한 돌로 쌓은 담들이 있다. 이 구역만 황량하고 섬의 나머지 지역은 푸르다. 이 구역에는 나무들이 자라지 않는다. 드문드문 보이는 잡초들도 마르고 질겨 보였고 바람결에 그 앙상한 자태들이 남쪽으로 기울어졌다. 바위 사이를 배회하는 양들은 뜯어먹을 풀이 없다. 나는 두 시간을 걸어야 한다는 걸 알지만 시계를 보지 않는다. 일 분이든 한 시간이든 무슨 상관인가? 그럼에도 넌 왜 그걸 원하느냐? 아버지가 늘 묻는 말이었다. 아버지는 돌아가셨다. 내가 원하는 이유를 아버지에게 설명하고 싶었지만 그럴 수 없었다. 그곳에 가서야 그 대답을 깨달을 수 있지만 깨달은 뒤에도 그걸 말할 순 없다. 온통 돌밭이다. 뇌우가 연분홍빛 하늘을 가렸고, 돌로 뒤덮인 평야에 이상한 빛이 발하고 있다. 광택이 없는 금. 예전에 농부들은 평야의 돌을 걷어낸 뒤 아무 쓸모 없는 돌무덤을 둥글게 쌓았다. 그곳에 우리와 다른 사람들이 살고 있다고 상상하지만 사실이 아님을 안다. 한 사람도 볼 수 없었고 예전에 있던 경작자들도 이미 오래전에 떠나버리고 없다. 한때 경작됐던 곳에서도 아무것도 자라지 않았다. 길은 몇 채 안 되는 부속 건물과 함께 등대가 있는 곳에서 끝난다. 등대에는 근무자가 없고 건물에도 사람이 살지 않는다. 해가 지면 자동적으로 켜진 커다란 불빛이 회전하면서 비춘다. 이곳에서 많은 배들이 난파했고 나는 그 배들의 이름을 알고 있다. 그곳을 걸을 때면 난파당한 배들의 이름을 호칭기도하듯 읊곤 한다. 등대 지역은 출입금지다. 담으로 둘러싸여 있으나 나는 등대 안으로 들어가는 곳을 안다. 등대에 가까이 가자 분노와 환호가 교차하며 물결이 부딪히는 소리가 들린다. 나는 춤을 추러 왔다. 한 번도 아버지한테 그걸 말할 수 없었다. 바람이 나와 함께 춤을 춘다. 나를 꼭 붙잡고 이리저리 밀면서, 거칠지만 저항할 수 없게 한다, 바람의 리드에 나를 맡긴다. 바람 때문에 바닥에 넘어지지 않도록 조심해야 한다. 여기 바위들은 끝이 뾰족해서 이따금 거기에 스치거나 찔려 상처를 입기도 했다. 예전에는 그 상처들을 늘 감춰야 했다. 등대서부터 작은 만에 이르는 길이 하나 있었다. 길 아래 작고 깊은 만에서는 바다 물결이 흰 거품을 내뿜으며 휘몰아쳤다. 지금 그 길은 흔적이 없다. 울퉁불퉁한 거친 돌 때문에 걷기 힘들어 오는 사람이 없기 때문이다. 길을 걷노라면 몸을 지탱하기 위해 붙잡을 만한 것도 없지만 그럼에도 나는 길 끝까지 가려 한다. 황홀한 분노의 일부가 되고 싶다. 파도의 굽이침은 전쟁이며 위난危難이다. 바위에 부딪혀 산산이 부서지고 높이 치솟는 거대한 회색 파도. 부서진 파도가 높은 굉음을 내며 다가왔다 다시 허공을 날고 싶은 듯 밖으로 뛰쳐나간다. 부서진 회색빛 파도가 형형색색으로 변한다. 푸르렀다가, 석유처럼 빛났다가, 다시금 관을 덮는 천 같은 칠흑색을 띤다. 바위에 부딪혀 산산이 부서질 때까지 공중에 올라 직립하는 회색 물거품은 분노의 표출이다. 다시 부서져 후퇴하는 물거품은 한번 더 사나운 공격을 준비하기 위해 어둠 속으로 사라져간다. 채찍질, 거인의 포효. 내가 여기 온 이유다, 포효하기 위해서. 처음에는 차마 포효하지 못한다. 그 누구도 내가 소리지르는 걸 듣거나 보지 않을 테지만. 그러다 포효하기 시작한다. 처음에는 위축되어 자신이 지르는 소리를 듣지 못한다. 그리고 더 큰 소리로, 더 큰 소리로 외치고 또 외친다. 백 마리의 갈매기떼보다 더 크게 비명을 질러댄다. 그곳에 빠져 죽은 자들에게 소리를 지른다. 남자와 여자 모두 돌아오라고 소리친다. 나는 안다. 그 깊은 곳으로 사라져버리고 싶음을, 흔들리며 춤을 추는 물결 속으로 없어져버리고 싶음을. 그리고 그렇게 하지 못한다는 것도 안다. 춤이 끝났다는 것도, 다시 먼 길을 되돌아가야 한다는 것도 안다. 채찍질하는 강풍에 쫓기고, 다시 작아진 나 자신에게 굴욕감을 느낀다. 나는 북풍을 잃어버렸다. 여기서는 에 페르디도 라 트라몬타나he perdido la tramontana라 한다. 물론 "더이상 모른다"는 뜻이다. 그러나 나는 그렇지 않다. 정확히 알고 있다. 나는 행복했지만 내가 행복했음을 말해줄 사람이 없다. 나는 뇌우가 올 때까지, 그리고 바다가 나를 다시 가장 먼 곳으로 부를 때까지 기다려야 한다. 그건 약속이다.

옮긴이의 말

세스 노터봄의 『여우들은 밤에 찾아온다』는 인간의 삶, 죽음, 이별, 그리고 인간의 본질과 기억을 심오하게 묘사한 여덟 개의 단편을 한데 모아 2009년에 발표한 소설집이다. 유럽을 비롯해 영미권에서도 호평을 받았고, 2010년 벨기에의 황금부엉이상을 수상했다. 노터봄은 수많은 철학자 및 예술가들과 폭넓게 교류하는 유럽 문단의 대표적인 지성파 작가다. 그는 현재와 과거의 경계를 탐구하는 스토아적 사상가라는 평가를 받았고, 데뷔 장편소설 『필립과 다른 사람들』(1955) 이후 독일 베를린장벽 붕괴, 헝가리혁명 등 다양한 주제를 다룬 여행기를 주요 언론지에 기고하면서 여행저널리즘의 대표 작가로도 이름을 알렸다. 장편소설 『의식』(1980)을 발표한 뒤 세계적 작가로 자리매김했으며,

소설·시·희곡·예술비평 등 폭넓은 글쓰기를 선보이면서 『계속되는 이야기』(1991), 『산티아고 가는 길』(1992), 『잃어버린 낙원』(2005) 같은 대표작을 남겼다. 또한 노터봄은 세계 여행을 통해 획득한 미술·건축·음악·사진 등의 문화적 체험을 자신의 문학 소재로 삼는다.

*

노터봄의 대표작 『여우들은 밤에 찾아온다』를 우리말로 만날 수 있어 기쁘다. 여기에 담긴 여덟 작품은 이탈리아, 스페인, 프랑스 등을 배경으로 펼쳐지는 이별·죽음·기억의 이야기를 통해 우리 삶에 내재하는 본질에 대해 유익한 명상을 하게 한다. 이 작품에서 노터봄은 의도된 플롯과 평범함과 진부함을 피한다. 여덟 개의 이야기는 개별적이고 이질적인 한편, 인간의 종말적 경험, 즉 죽음을 탐구한다는 공통된 주제로 연결되면서 서로의 범주를 크게 벗어나지 않으며, 바로 그 통일성을 유지시켜주는 모티프는 주로 사진들이다. 작품의 화자들은 추억하는 사진 속 인물의 부재를 확인하고 그 인물의 다면적인 삶과 은밀한 기억들을 관조한다. 사십 년 전 잠시 서서 사진을 찍었던 장소를 다시 찾아가거나, 단체 사진이나 초상화를 보면서 죽은 이를 회상하고 그 부재에 대해 사유한다. 이야기들이 대체로 자아내는 정서는 우수에 속하지만 그리 무겁지만은 않다. 아름다운 문장들로 세밀하게 서술되는 장면들이 눈앞의 그림을 감상하듯 회화적으로 펼쳐지면서 작중인물에 대한 자유로운 해석의 가능성을 열어주고 인간의 복잡다단한 삶의 방식들을 이해하도록 우리를 안내한다. 각 작품들을 간단히 살펴보자.

「곤돌라」에서 한 남자는 사진 한 장을 통해 파멸에 이른 자신의 연애 사건을 회상한다. 그는 사십 년 전 베네치아에 함께 갔었던 미국인 여자친구를 기억한다. 그후 그들은 수없이 편지를 주고받았다. 그가 찾아갔을 때 이미 그녀의 상황은 좋지 않았고, 그 또한 그녀에 대한 예전 기억들을 떠올릴 수 없음을 깨닫는다. 사십 년 뒤 그는 읽지 않은 편지들을 찢어 물속으로 던져버린다. 파편처럼 흩날려 물속으로 가라앉는 편지 조각들을 보며 자신의 삶에서 그녀에 대한 기억들이 사라져감을 안다.

「뇌우」에서 뤼돌프와 로지타는 기분 전환을 하러 어느 카페의 테라스에 나와 있다. 옆에서 한 부부가 싸움을 벌이며 부인이 남편의 모든 것을 비난한다. 그러다 남편이 뇌우가 퍼붓는 바깥으로 나갔다가 번개에 맞아 죽는다. 그들의 모습에서 로지타는 자신의 결혼생활을 되돌아보고, 흐린 날씨에 민감한 남편 뤼돌프에 대해 생각한다.

「헤인즈」는 수록작 가운데 가장 긴 이야기로, 19개의 작은 장으로 이뤄졌다. 화자인 '나'는 삼십 년 전 어울렸던 사람들과 함께 찍은 사진을 보면서 그들을 낯선 타인으로 상상하는 방법을 통해 자신이 품은 어떤 수수께끼를 풀고자 하고, 그 이야기의 중심은 '헤인즈'라는 인물이다. 헤인즈는 이탈리아 리구리아에 소재한 네덜란드 영사관의 명예부영사이고, 그는 애인 아릴러의 갑작스러운 죽음 이후 술을 마시며 망가지기 시작했다. 영국 여자인 몰리를 만나 결혼했지만 그 생활도 불운했다. 나는 경박하지만 유쾌한 인물인 헤인즈에게 관심을 갖게 되면서 그가 지닌 삶과 죽음의 이야기를 관찰한다. 훗날 아내 몰리가 병든 그를 영국으로 데려가고, 마침내 그는 완전히 혼자가 되어 그곳 묘지에 조용히 묻힌다. 나는 다시 한번 그 사진을 보면서 거기에 찍힌 인물들 뒤에는 늘 우리가 알지 못하는 그들만의 이야기가 있다는 걸 깨닫는다.

「9월 말」에서 79세인 여성 수지는 친구 애너벨이 죽자 그녀의 남편과 함께 살았다. 지금은 스페인의 한 섬에 살고 있으며 그곳 바에서 일하면서 늘 불평을 늘어놓는 63세의 루이스와 관계를 갖는다. 그녀는 바에서 술을 마시고 집으로 돌아갈 때면 늘 그가 가져가도 좋을 만한 물건을 테이블 위에 놓아두곤 했는데, 9월 말의 그날은 깜빡하고 그러지 못한다. 자정이 지나 집으로 온 루이스와 밤을 보낸 그녀는 다음날 아침에 지갑에서 돈이 없어진 걸 발견한다. 초상화 속에서 애너벨이 그런 그녀를 향해 웃고 있다.

「마지막 오후」에서 한 여자는 늦은 오후만 되면 정원으로 찾아오는 거북이를 보며 자신의 남편을 떠올린다. 그녀가 그를 안 건 삼 년밖에 되지 않았고, 어느 날 그는 갑자기 죽어버렸다. 그녀는 인간의 이별이 정신적 이별, 죽음 그 자체, 그리고 망각의 순간인 세 단계를 거친다고 생각한다. 그가 죽었을 때 그녀에게 그건 진짜 죽음이 아니었다. 그리고 여느 때처럼 거북이가 찾아온 이날의 늦은 오후, 그녀는 담장 너머로 사라지는 한 그림자를 보며 그제야 그와의 완전한 이별을 확신한다.

「파울라」의 화자인 '나'는 사십 년 전 자신의 삶에 들어와 큰 영향을 미쳤던 여자 파울라와의 만남과 이별을 회상한다. 당시 나와 친구들은 바카라 도박에 빠져 밤마다 모여 게임을 했고, 어느 날 이들 무리 앞에 나타난 파울라는 내게 성적 파트너 이상의 친구가 된다. 이들 무리는 프랑스 나들이에 나섰다가 카지노에 들르고, 다들 형편없이 돈을 잃고 만다. 그러나 유일하게 상당한 금액을 딴 파울라는 그들에게 얼마를 떼어주고서 다른 낯선 남자와 떠나버린다. 반년 뒤 그녀는 어느 호텔에서 화재로 사망하고, 나는 그녀의 사진을 보면서 과거의 기억들을 다시 떠올린다.

「파울라 Ⅱ」는 죽은 파울라가 역으로 화자가 되어 「파울라」의 '나'라는 남자에게 말을 건다. 파울라가 사후에 머물고 있는 곳은 시간에 대한 의식과 장소의 개념이 없으며, 더 나아가 그곳에서 그녀는 철저히 혼자다. 그녀는 생에서 맞이하는 결정적인 이별과 죽음의 과정에 대해 말하고, 그러면서 그와 떠났던 사막 여행을 떠올린다. 거기서 그는 어둠 속에서 느끼는 두려움에 대해 말했다. 그는 어렸을 때 할머니에게 들었던 "여우들은 밤에 찾아온다"는 말을 늘 기억했고, 그녀는 하루에 한 번씩 죽고 싶어했던 그의 두려움을, 그의 여우들을 이해하게 된다.

마지막으로 「가장 먼 곳」은 짧은 수록작으로, 스페인의 어느 섬에 살면서 악천후 속에 길을 나서는 한 여인에 대한 이야기다. 그녀는 섬의 가장 먼 곳에 가고 싶어한다. 아버지는 '가장 먼 곳까지 가는 건 여자가 아니라 남자'라고 말하곤 했지만 그녀는 이끌리듯 그 먼 끝에 닿아 포효하는 파도 앞에 선다. 그곳에서 바람과 함께 춤을 춘다, 그리고 소리친다. 그녀는 춤추는 물결 속으로 사라져버리고 싶지만 그러지 못한다는 걸 안다. 춤이 끝나면 다시 먼 길을 되돌아가야 한다는 것도 안다. 그리고 바다가 자신을 가장 먼 곳으로 부를 때까지 기다려야 한다.

*

이 소설들을 여러 번 읽어보기를 권한다. 읽을 때마다 새로운 결을 느낄 수 있다. 다 읽고 나면 “누가 기억되는가?” 그리고 “기억되는 것은 무엇인가?”라는 중요한 질문을 떠올리게 될 것이다. 가끔은 빛바랜 사진들을 들춰보거나 그림들을 감상하도록 하자. 사진이나 그림 속 사람들, 그들의 목소리, 그들이 짓는 웃음 뒤에 감춰진 은밀하고 비밀스러운 이야기들을 기억의 창고에서 꺼내보자. 아직 살아 있는 자들의 기억에서 온전히 사라질 때 비로소 한 인간의 죽음이 완성되는 거라면 죽음은 결코 우리 삶에서 큰 두려움이 될 수 없다.

『여우들은 밤에 찾아온다』는 세상에 남은 이들에게 죽은 자가 얼마나 그리고 언제까지 기억되는지, 무엇이 기억되는지, 나아가 우리의 삶은 어떠해야 하는지, 남은 이들에게 어떻게 기억되어야 좋을지에 대한 묵상 자료가 되지 않을까? 노터봄은 문학이란 작가와 독자의 ‘공동 노력’의 산물이라고 말한다. 여기에 실린 이야기들 속으로 들어가 작중인물들과 감정을 공유하며 우리의 주변을 되짚는 시간을 가져보기를 권한다.

김영중

세스 노터봄 연보

1933년 7월 31일 네덜란드 헤이그 출생.

1955년 첫 장편소설 『필립과 다른 사람들*Philip en de anderen*』 출간.

1956년 첫 시집 『죽은 자들이 고향을 찾는다*De doden zoeken een huis*』 출간.

1957년 안네 프랑크 상 수상.

1958년 소설집 『사랑에 빠진 죄수*De verliefde gevangene*』 출간.

1959년 시집 『차가운 시들*Koude gedichten*』, 희곡 『템스강의 백조들*De zwanen van de Theems*』 출간.

1963년 여행기 『브뤼에에서의 어느 오후*Een middag in Bruay*』, 장편소설 『기사는 죽었다*De ridder is gestorven*』 출간. 반데르 호흐트 상 수상.

1964년 시집 『잠긴 시들*Gesloten gedichten*』 출간.

1965년 여행기 『튀니지에서의 하룻밤*Een nacht in Tunesië*』 출간.

1968년 여행기 『바이아에서의 아침*Een ochtend in Bahia*』 출간.

1970년 시집 『조작된 시들*Gemaakte gedichten*』 출간.

1971년 여행기 『씁쓸한 볼리비아, 달의 나라 말리*Bitter Bolivia, Maanland Mali*』 출간.

1978년 시집 『조개처럼 열리고, 돌처럼 닫힌 시들*Open als een schelp, dicht als een steen*』, 여행기 『이스파한에서의 하룻저녁*Een avond in Isfahan*』 출간.

1980년 장편소설 『의식*Rituelen*』 출간.

1981년 중편소설 『그림자와 실물의 노래*Een lied van schijn en wezen*』 출간. 네덜란드 페르디난드 보르드베이크 상 수상.

1983년 미국 페가수스상 수상.

1985년 네덜란드 뮐타튈리상 수상.

1990년 에세이 『베를린 수기*Berlijnse notities*』 출간.

1991년 장편소설 『계속되는 이야기*Het volgende verhaal*』 출간. 프랑스 레지옹 도뇌르 훈장 수훈. 베를린예술아카데미 회원 임명.

1992년 여행기 『산티아고 가는 길*De omweg naar Santiago*』 출간. 네덜란드 콘스탄테인 하위헌스 상 수상. 독일과 네덜란드 간 문화교류에 대한 공헌훈장 수훈.

1993년 독일 후고 발 상 수상. 유럽 아리스테이온상 수상.

1994년 이탈리아 그린차네 카보우르 상 수상.

1996년 미국현대어문협회 명예회원 임명.

2001년 독일 유럽미디어 칼 메달 수상.

2002년 여행기 『노터봄의 호텔*Nootebooms hotel*』 출간. 독일 괴테상 수상.

2004년 네덜란드 최고 권위 문학상 페이 세이 호프트 상 수상.

2005년 여행기 『신의 이름의 소리—이슬람 세계를 여행하면서*Het geluid van Zijn naam—Reizen door de Islamitische wereld*』 출간.

2006년 네덜란드 라드바우트대학 명예박사학위 받음.

2008년 독일 베를린 자유대학 명예박사학위 받음.

2009년 소설집 『여우들은 밤에 찾아온다*'s Nachts komen de vossen*』 출간. 네덜란드문학상 수상.

2010년 벨기에 황금부엉이상 수상.

2020년 스페인 포멘터상 수상.

지은이 **세스 노터봄**

1933년 7월 31일 네덜란드 헤이그 출생. 첫 장편소설 『필립과 다른 사람들』로 안네 프랑크 상 최초 수상자가 되면서 유럽 문단의 스타로 부상했다. 장편소설 『의식』 『계속되는 이야기』, 여행기 『산티아고 가는 길』 등으로 세계적인 명성을 얻었다. 미국의 페가수스상, 유럽의 아리스테이온상, 독일의 괴테상 등을 수상하고 프랑스의 레지옹 도뇌르 훈장을 수훈했다. 시와 소설, 에세이와 여행기 등을 집필하며 폭넓은 사유와 통찰 위에서 고유한 작품세계를 구축했다.

옮긴이 **김영중**

한국외국어대학교 네덜란드어과를 졸업하고 네덜란드 레이던대학교, 스위스 프라이부르크대학교에서 수학했으며 성균관대학교에서 고대 게르만어 연구로 박사학위를 받았다. 현재 한국외국어대학교 네덜란드어과 명예교수로 있다. 옮긴 책으로 『계속되는 이야기』 『의식』 『희망과 기도』 『희망을 키우는 착한 소비』 『희망을 거래한다』 등이 있다.

문학동네 세계문학
여우들은 밤에 찾아온다

초판 인쇄 2021년 3월 2일 | 초판 발행 2021년 3월 15일

지은이 세스 노터봄 | 옮긴이 김영중

책임편집 고선향 | 편집 김정희 오동규
디자인 고은이 최미영 | 저작권 한문숙 김지영 이영은
마케팅 정민호 정진아 김혜연 정유선
홍보 김희숙 김상만 함유지 김현지 이소정 이미희 박지원
제작 강신은 김동욱 임현식 | 제작처 상지사

펴낸곳 (주)문학동네 | 펴낸이 염현숙
출판등록 1993년 10월 22일 제406-2003-000045호
주소 10881 경기도 파주시 회동길 210
전자우편 editor@munhak.com | 대표전화 031) 955-8888 | 팩스 031) 955-8855
문의전화 031) 955-8896(마케팅) 031) 955-1917(편집)
문학동네카페 http://cafe.naver.com/mhdn | 트위터 @munhakdongne
북클럽문학동네 http://bookclubmunhak.com

ISBN 978-89-546-7757-8 03850

잘못된 책은 구입하신 서점에서 교환해드립니다.
기타 교환 문의 031) 955-2661, 3580

www.munhak.com